草长莺飞

西吉县农民作家诗集

中国首个文学之乡农人文苑诗集

U0750286

张旭东 —— 主编

黄河出版传媒集团
阳光出版社

图书在版编目（CIP）数据

草长莺飞：西吉县农民作家诗集 / 张旭东主编. ——
银川：阳光出版社，2023.12
（中国首个文学之乡农人文苑诗集）
ISBN 978-7-5525-7147-9

Ⅰ.①草… Ⅱ.①张… Ⅲ.①诗集 - 中国 - 当代
Ⅳ.①I227

中国国家版本馆CIP数据核字(2023)第243301号

草长莺飞——西吉县农民作家诗集　　　　　张旭东　主编

责任编辑　赵　倩　申　佳
封面设计　晨　皓
责任印制　岳建宁

黄河出版传媒集团
阳 光 出 版 社　出版发行

出 版 人　薛文斌
地　　址　宁夏银川市北京东路139号出版大厦（750001）
网　　址　http：//www.ygchbs.com
网上书店　http：//shop129132959.taobao.com
电子信箱　yangguangchubanshe@163.com
邮购电话　0951-5047283
经　　销　全国新华书店
印刷装订　宁夏凤鸣彩印广告有限公司
印刷委托书号　（宁）0027951

开　　本　880 mm×1230 mm　1/32
印　　张　11
字　　数　200千字
版　　次　2023年12月第1版
印　　次　2024年1月第1次印刷
书　　号　ISBN 978-7-5525-7147-9
定　　价　78.00元

文学之乡，用写作赞美岁月和大地

郭文斌

中国作协主席铁凝说："文学不仅是西吉这块土地上生长最好的庄稼，西吉也应该是中国文学最宝贵的一个粮仓。"铁凝主席讲的这个西吉，就是生我养我的故乡。它位于宁夏南部山区，曾经是"苦甲天下"的地方，近年来却以"文学之乡"闻名天下。

文学之于西吉人，就像五谷和土豆，不可或缺。

成百上千的泥腿子作家，白天在田里播种，晚上在灯下耕耘。

"耐得住寂寞，头顶纯净天空，就有诗句涌现在脑海；守得住清贫，脚踏厚重大地，就有情感激荡在心底。在这里，文学之花处处盛开，芬芳灿烂；在这里，文学是最好的庄稼。"2011年10月10日，中国首个"文学之乡"落户西吉。中国作家协会、中华文学基金会的授牌词这样赞美西吉。

2016年5月13日，中国作协"文学照亮生活"全民公益大讲堂在西吉启动。中国作协主席铁凝开讲第一课。课后，她去看望几位农民作家，当她听到他们以文字为嘉禾、视文学为生命的讲述后，我看到她的眼里含着泪水。

2021年12月22日，在中国首个"文学之乡"命名10周年系列活动中，西吉文学馆开馆，成为将台堡红军会师纪念碑之后，西吉最有吸引力的文化地标，也成为涵养西吉人文精神的一眼清泉。从中，人们看到西吉全县有1300余人长期从事文学创作，他们中有中国作协会员21人、宁夏作协会员70余人。西吉籍作家先后获得茅盾文学奖提名、鲁迅文学奖、全国少数民族文学创作骏马奖、"五个一工程"奖等国家级文学大奖6次，获得人民文学奖、冰心散文奖、春天文学奖等全国性文学大奖近40次，省市级文学奖项近50次。据不完全统计，目前西吉籍作家、诗人已有60余人出版了个人专著，100余人次作品选入全国性作品集。

2023年5月8日，中国作协党组书记、副主席、书记处书记张宏森率中国作协调研组来宁夏，到西吉看望农民作家，视察文学馆，同样对西吉文学给予高度评价，寄予殷切希望。

西吉之所以能够成为全国第一个"文学之乡"，之所以涌现出这么多作家诗人，缘于宁夏党委、政府和有关部门重视文学的大气候，缘于西吉县独特的文化土壤和传统，缘于前辈们的热心哺育和尽心培养，缘于写作者互相欣赏、互相激励、抱团取暖的文学风气，缘于《六盘山》《朔方》《黄河文学》等报刊的有力引导，更缘于历届县委、县政府和有关部门一以贯之的扶持。西吉县文联的办公条件、人员编制、办刊经费，在全国县级文联中都是少见的。西吉县的父母官们大多崇尚文学、热爱文艺、疼爱作家、关心诗人。他们多次参加文学活动，鼓励大家创作；多次到困难作家家中走访，帮助他们解决创作困难。

在中国首个"文学之乡"命名10周年系列活动中，县委主要领导在座谈会上对文学经典倒背如流，这对作家们的激励是可以想见的。特别值得一提的是，在这次活动中，县委、县政府除了给西吉籍成名作家授牌，还对全县在校高中生中的文学苗子给予表彰奖励，开河续流，击鼓传花，用心良苦。这次活动之后，县委、县政府出台了许多推动文艺繁荣的措施，比如文学古迹保护、文学作品集成等。让我爱不释手的《中国首个文学之乡农人文苑诗集》（五册）就是其中之一。

文学馆开馆之后，每年夏天，县上都要在"红军寨"举办"文学之乡"夏令营。县委分管领导每年都要作开营讲话，还让主办单位画了一张中国地图，把营员的省份标出来。我们欣喜地看到，除了港澳台和西藏，其余省份都有营员参加过夏令营。在2022年的夏令营开幕式上，当我把铁凝主席签赠给西吉文学馆的两部著作交给县上领导，讲述了中国作协对西吉文学的厚爱时，台下响起经久不息的掌声。

良种生沃土，幼苗逢甘霖。

培养成气候，激励成气象。

在此，单说农民作家和诗人。

之前，农民作家的合集《就恋这把土》读得我鼻子一阵阵发酸。最近，以农民诗人为重头戏的五卷本《中国首个文学之乡农人文苑诗集》（五册）更是让我泪湿衣襟。如饥似渴地读着24位农民诗人的作品，让我对生我养我的这片土地爱得更加深沉。我仿佛看到一株株从泥土中生长出来的庄稼，经历萌芽、初叶、开花、结果，那么清新、那么鲜活，从碧绿到熟黄，令人兴奋、令人欣喜。

四月的花儿自顾自开着 / 奔放的骨骼 / 舒展神性的美 // 谁唱词惊艳 / 成为四月的绝版 / 花草生动，鸟声婉转 // 牧羊人用自己的一生 / 放牧了无数个春天 / 四月，我一再地叩问自己 / 如果是一株草 / 就竖起自己骨骼 // 如果是一朵花 / 就开出自己的色彩（王敏茜《四月物语》）

八月的土豆就是娘亲 / 你的子孙掏空了村庄 / 把炊烟挂上了树梢 / 追逐城里散漫的流光 / 只是在这个夜里 / 谁喊我的乳名（胥劲军《土豆熟了》）

镢头铲子征服了山坡 / 糜谷运转腹径 / 燕麦沟有水有地 / 打通了南里的姑舅姊妹 / 日子把日子垒起来（李成山《燕麦沟记忆》）

山村是庄稼汉的额头 / 经岁月的雨季流成小河 / 那多愁善感的皱纹 / 记载着他们的痛苦和欢乐 / 夕阳剪出弓形的背影 / 身后撒满被晚霞染

得金灿灿的土豆／红太阳，绿庄稼／给画家展示一幅迷人的画卷／给诗人展示一幅醉人的图案（王晓云《庄稼汉》）

这是诗行里的岁月和大地。

诗人笔下的岁月，岁月笔下的诗人，在这片名叫西吉的土地上，深情牵手了。

我感喟与你相遇／我知道／夏花没有秋的圆实／春天的一粒种子／荡起了旱塬上的涟漪／我用情、用心／培育你的神奇（冯进珍《土豆》）

一朵山菊花／开在山顶／享受太阳的爱抚／它微笑着向山下观望／／我久久地对视着它／喜欢它的纯洁／风霜中还是那么明亮（冯进珍《山菊花》）

笔下记载了沧桑／像长满了褶皱的娃娃脸／想用化妆品装饰／笔里却没了墨／／幸好我有辆轮椅／能追寻勃然的装饰品／安静地坐在大自然

里／涂擦风的温柔／浩瀚的山野似席梦思床头／躺卧，仰望无际的星海／天马行空地勾勒世间美好（马骏《笔墨与生活》）

乡愁是父亲跟在牛后的那把犁／母亲犁沟撒籽的那双手／／乡愁是母亲和风箱的弹奏曲／煤油灯下的千层鞋／／乡愁是门前的老井／屋后的老树／是山上的盘盘路／山下那条弯弯的小河／／无论我身处何方／乡愁永不褪色（单小花《乡愁》）

诗人笔下的风物，风物中的诗人，在这片名叫西吉的土地上，深情拥抱了。

这就是我可亲可敬的故乡上沉浸在耕读生活中的农民诗人。一手拿着锄头，一手握着钢笔；一面对着土地，一面对着稿纸；汗珠浇灌的土地上，生长出来的不只是绿油油的庄稼，还有沾着泥土、挂着露珠的诗行。他们扎根故土，坚守田园，以笔做犁，以诗为餐，吟诵生命，歌唱生活，不问功利，谢绝世俗，干净而纯粹地写作，把劳动变成审美，把岁月过出诗意。

是他们，让"文学之乡"有了新的含义，也让我对"生活"和"人民"有了新的思考。相对于需要专门"扎根人民、扎根生活"的专业作家来讲，他们本身就在生活里，从这个意义上讲，他们是幸运的。

他们的书写，也是对故乡最好的代言。从中，我欣喜地看到，我亲爱的故乡，那个"苦甲天下"的故乡，业已变成一块山青水绿、"吉祥如意"的"西部福地"，人们除了追求生活富裕，更追求精神富足。

他们不像20世纪五六十年代出生的西海固作家那样，普遍把苦难作为书写主题。他们讴歌祖国和人民，赞美岁月和大地，礼敬劳动和奉献，描绘幸福和诗意。

目 录
CONTENTS

杨秀琴

杨耀强

秋天是一幅画

秋风握着画笔

漫过山坡

激起风与叶的交谈

天空飘起

没有着落的思绪

如信天游

秋风携着清霜

打量已冷落的村庄

村妇挖了最后的洋芋

抖落了一年的尘土

把一声声的欢笑

撒满山川

李成山，60 后，宁夏西吉人。中国诗歌学会会员、固原市作协会员、西吉县作协会员。作品散见于《北方诗歌》《西南当代作家》《六盘山》《北海文学》等。

似水流年（组诗）

一

岁月的泪
流出来
路过嘴唇
酸涩
直达心肺

似水的流年
划过额头
留下几道不能愈合的年轮
撑起剩余的岁月
嵌进夕阳

二

时光咬碎了
葫芦河的沧桑
西海固的音色
在大西北的土地上滑落

爬行蹉跎的路程
年年清贫
煎熬了日子

日子好了
走路时身板也就直了
坐轿车购物赶集
一座农人的庄院
有了车来车往的欣喜

三

汗湿了日子
湿了衣衫
渗入泥土

长出了农人的辛劳
淌过乡村的河谷
看见黄土地上丰硕的庄稼

日月浓密了庄稼汉的胡须
清理后才明白
日子在时间的曲线里
越滚越瘦

秋雪

一场雪，轻盈得
如仙女身披风衣
遥遥舞来

大地湿着脸
眯逢迎接
头围上纱巾
睫毛顶了伞叶

一路舞姿
已精疲力尽
躺进大地的怀里
悄然入睡

九月的野菊花

山路上的风景落败
枫叶抖动风姿
寻找避风港
野菊花开得如痴如醉
白露里撑起傲骨
与霜为邻

山坡路畔
披上九月的霓纱
晚秋荡开了绚丽
一路张灯结彩

以爱的名义
挡住风霜的薄情
托起花蕾
九月耀眼地走过

丰收的季节

忙忙收拢时光
收割机里滤过
压进草池
腌起来
储存来年的力量

一年的心机
长成秋天沉重的感叹
千斤欲坠的分量
牵动我和村民
四季的期盼

深秋的味道

一路匆忙
担回季节的累累
系在项背
等待舌尖的碰触

洋芋破开土层
缝隙里散出秋的味
村姑的双手
满是深秋的味道

清明感怀（组诗）

一

清明时间
正是桃花盛开的季节
好多亲人借这个特别的日子
缅怀已故的亲人

我约了梅花
在这清凉的雨里
叩拜逝去的故人

清明
有这么多人
在华夏大地上
点燃厚厚的祝福

二

将一束黄菊花
置于坟头
寄托无尽的思念

深情地问候
用一炷香传递
把满怀的哀思
揉进弥漫的轻烟

难了的心愿
悬于眉骨
夜色里遥寄天空

三

千年古风
荡一泼轻丝细雨
于烟云缭绕中

托起流年遗风
诉一缕柔肠泪雨
仰先灵于意念中

母亲

母亲的指头
布满岁月的老茧
燃烧人间烟火

母亲的背
柔弱而倔强
撑起一家人的日月

日子一茬一茬地老
母亲的背佝偻成一座桥
蹒跚的脚步
不停地为儿女打拼生活

母亲是灯
为我们点亮烟火

记忆里的燕麦沟

碌碡碾碎了乡音
萦绕村庄
父亲的鞭梢甩向半空
石窝里的吱扭
夯实了生活

枝头的喜鹊飞上又飞下
清脆的鸣叫
传遍山谷
鸡群鸽子忙碌着
瞅着空儿
围进场院
听主人唱一段丰收的花儿

燕麦沟记忆

背上的褡裢
是祖辈们从陇南走过的日子
装满了东村进西村出的吆喝
装满跌跌撞撞的乞讨
装满皮货匠养家度日的家什
装满信步北迁
居无定所

疲劳困乏拖不动了
跌倒在燕麦沟
挖窑洞铺地窝
让心先住下来
另辟蹊径

镢头铲子征服了山坡
糜谷运转腹径
燕麦沟有水有地
打通了南里的姑舅姊妹
日子把日子垒起来
修修补补，移花植树
垒起来一方叫燕麦沟的水土

地膜上的庄稼

捂住一片墒情
继续农人的征程
一粒粒种子
雀跃在播种机眼里
给穿了纱衣的土地
圆满殷实的回复

膜缝里偷偷探出头颅
一呼百应
匆匆升起夏日的问候
一坡一坡
紧紧抠住大地的脉搏

深秋泛黄
是村民心里的积蓄
是薄膜温存的力量
是草池子里醇厚的腌酱
我的乡村哦
漫山遍野
忙碌地膜上的收成

炊烟（组诗）

一

灶眼里喷出一缕青烟
已成昨天的故事
不在屋顶缭绕
陪着老人
歇缓

电磁炉，热水器
排着队挤进乡村
挤进厨房
灶火门，烟囱眼
淘汰在电器的背后
偶尔冒一股烟
熏了天空

二

烟囱里冒出叹息
很清淡
不是我儿时

那种浓浓滚滚的豪爽
没有袅袅纤细的余音
天空无污染

妻子的一日三餐
被电器排上桌子
那台瓷砖渲染的锅灶
象下岗的无业游民
闭着无望的眼

茶具

延续了几辈的茶罐罐
突然跌倒
对一盘茶具
招招永别的手

炉膛里呼出的味
有烟的色素
茶具不习惯
慢慢被封

流行的桌面
茶、茶具相映生辉
按钮的微炉
品咂有关茶的故事

牛

晨练的翅膀
扣醒微朦的天空
牛，声声祝福
打开门扉
送进早安

捧上早点
盛一抹温情
眼角流露的感恩
化作无言的唇动

父亲给我的犁
黯然生锈
耕作的技巧
无须扮演牛背
当一部史书
记下，留给后来

时刻
系着我的牵挂
游走圈舍

关注一双双眼

漾满愉悦

炕

母亲把寒冷偎进炕洞
温暖了冬天
踏实地躺在被窝
回味外面的北风扬雪

儿女们都是土炕暖大的孩子
那种淳朴的味道
时不时回荡在记忆里

父母守了一辈子的老土炕
为儿女守住了一个家
难怅的日子

汗流浃背的中午
灼热的肩膀，松弛无力
揉不开夜晚的面团

锅灶一脸病势
烟熏火燎的中年
匆忙捂上锅盖

一个人的日子
月亮和星星
都显得孤独无依

盼春风开路
生活恢复
热气腾腾

春绿了

草芽露出了头
一脸灵气
窥视行走的两只脚

春风借阳光的热量
一个劲儿催促
外面很美

穿了绿裙的小草
到处乱跑
绿遍天涯

山坡绿了
村庄绿了
春天绿了

春播

刚刚醒来的大地
脱下僵硬的外套
舒展松软的腰身
村妇备好种子
撒向大地的怀抱

我扶着犁，心生喜悦
仿佛我们牵着手回到从前
喜鹊，百灵，燕子
紧跟身后
一边唱歌，一边飞舞

我卸下一身疲惫
一轮圆月
升上天空

随性

不要迷信谁能教你多少
不要被形而上的思考羁绊
不要让金钱，也不要让经典
困住你的想象力和追求

我们都是自由的人
在适合自己的五线谱上
演奏着不同的乐章
我们无需怒放

学不了雄鹰在天空飞翔
听高音，看喷泉
爆发内心深处的悲凉与狂妄
发泄了就释然，就舒畅

喜欢中音悠扬
蓝蓝的天空
悠闲的白云

王晓云，笔名"闲云"，60 后，宁夏西吉人。固原市作协会员、固原市楹联学会会员、西吉县作协会员、西吉县诗词楹联学会会员。作品散见于《大理》《葫芦河》等。

躺在自己的梦乡

沉默的人生
不一定被混浊的空气泯灭
故而，我行我素
只要坦坦荡荡

大山里的女人
土生土长的一群女人
从不嫌弃土气
从青涩到两鬓斑白

年轻时，一群女人
挺腰杆，挺胸脯，挺着屁股，挺着大山的纯朴
挑沟水，背粮食，背着大山的希冀

出嫁了，一群女人
相信男人，信仰爱情，信仰大山给予的厚望
背起孩子，背起生活的艰辛
把自己的一生奉献给了大山

支教路上

清晨，迎着一缕朝阳
霞光扑面
不经意间
太阳像个淘气的娃娃
爬上山头 、 楼顶
向阴雨洗礼过的草木撒金光

校园里
五星红旗迎风飘扬
云杉树换上了新装
杨树听山头的牛羊歌唱

孩子已经书声琅琅
把美好的未来
寄托在蓝天白云上

文字的魅力

如空气般清新
如溪流般清澈

花儿朵朵
在阳光中娇艳
如你明媚的笑脸

你珠玑般美丽
在生活中站立
我要用你编织
美丽梦乡

笸篮

在我的记忆里
你有大小之分
小的装满
母亲的心事，父亲的辛酸

母亲白天干活
晚上
端出装满针线破布的你
在昏暗的煤油灯下
在夜深人静时
为我们编制衣服上的补丁
为我们拉鞋底儿

父母下地干活
你总能给我带来惊喜
在一些破布头里翻出一粒糖果

打工的女人

打工的女人
都长了飞毛腿
哪里有活哪里追

春天，高山陡坡上
种树的身影
山风吹着干裂的嘴唇

一个个像耕牛
起早贪黑
把生活的艰辛背上又放下

舍不得吃，舍不得穿
辛苦赚着血汗钱
养育儿女

震湖

百年前涅槃
地崩山裂
一方贫苦大众的灾难

百年后生福
像睁开的天眼
美名留人间

听夜风·随想

你像朵云，像朵飘忽的云
在我的诗行里浮动
和星星一样，有钻石般的眼睛

你敲打我的窗棂
伴我听树叶与飞絮私语
今夜，我不孤寂

剪一缕霞光

曾梦想
实现所有的缤纷
回首深深浅浅的足印
忍不住顿足、扼腕
转念，不再恨

青春不复返
岁月催人老
光阴不倒流
早忘记了什么是疯狂

知天命的路上
剪一缕霞光
为自己继续打扮、梳妆

冬要来了

风头渐渐生硬
在枝条
半空，脸上
凛冽地呼啸

麻雀在枝头叽叽喳喳
像村里的农人
结算一年的收入
一片被遗忘的秋叶
躲在麻雀身后发抖

秋要走了

花语，风知道
历经万千沧桑
抓不住你的去向

树枝戴上了皇冠
羊群低着头在沟里吃草

一片晚影落在
玉米地里
翻起丰收的巨浪

庄稼人
在冗长的道路
修筑
繁华的梦境

2022 年第二场雪

第二场雪在星期四晚上
偷偷落下
山静了，水也静了

山野披金戴银
好想学着树上的小鸟欢唱

封山了，不渴望出路
只想饱尝清新
跑趟，打滚，哪怕凋零

太阳出来，爬上山峰
檐下垂挂的冰棍
给学校增添了美景

花蝴蝶

——献给小花

早春的季节里

花蝴蝶破蛹而出

飞入繁华的世界

它飞呀飞

飞过河流

飞过广袤的田野

偶遇一朵挺拔的荷花

湖水清澈

舞动着的水草

微微地笑

游鱼对她匕斜

难舍难离的探亲

每次回家
父母都要走出大门相迎

以前拄着拐棍
后来身子不稳，双手握着长棍

再后来，扶着墙的身影
让我一路泪沾襟

母亲撒手人寰
父亲孤独无援

我的心
被亲情拧得生疼

父亲老了

父亲，您老了
繁星落满您的脊背，压弯了您的腰
夕阳的余晖悄悄融进您生命里
拉开了您与儿女的距离
几十年风雨劳作
时光把您的脸雕刻成榆树皮

父亲，您老了
在我慢慢长大的岁月
拉着您的衣襟
跟着您脚下生风
等我发现，您老了
令我怜惜、心疼

父亲，您老了
多想一直幸福缱绻在您的翼下
多想赖着床，等您叫我吃饭

父亲，您老了
把时光变成甘露
滋润孩儿幸福快乐的每一天

还想趴在您伟岸的肩膀上顽皮
在您千叮万嘱慈祥善良的目光里
我学会了坚强生活

父亲，您老了
女儿是您的小棉袄
要牵着您的手

放羊娃

一声花儿
唤起了东山的太阳
叶子上的白霜
像少女脸上的脂粉
遮住金黄秋色

漫一段花儿
惊动了一树黄叶
伴着清脆的花儿
起伏于山间
陶醉在秋色中的羊儿
忘掉吃草
时不时
也跟着伴奏咩咩叫两声

一记长鞭
带着秋风瑟瑟
将太阳赶进了西山窝

杨秀琴，70 后，宁夏西吉人。宁夏作协会员、固原市作协会员。
作品散见于《六盘山》《黄河文学》《银川文艺界》《葫芦河》等。

庄稼汉

山村是庄稼汉的额头
经岁月的雨季流成小河
那多愁善感的皱纹
记载着他们的痛苦和欢乐
夕阳剪出弓形的背影
身后撒满被晚霞染得金灿灿的土豆
红太阳，绿庄稼
给画家展示一幅迷人的画卷
给诗人展示一幅醉人的图案

炊烟从炉筒里袅袅升起
绘出一幅温馨的农家水墨画
父母坐在火炉旁
熬一杯浓浓的罐罐茶
让劳作一年的疲倦
在温馨和安逸里消失
外出打工的子女归来
一路的景色被秋色染黄
所有苦和累
都换成生活的希望

秋叶黄了我想娘

杨秀琴

秋夜
我的泪珠
折射着月光
月晕里
充满母亲的故事
每一次梦见母亲
曾经对我的疼爱
寒夜浓雾打掉我的泪珠
凉飕飕的风
麻木了我的肌肤
在梦境漩涡里我追赶母亲
我撕心裂肺地哭喊
我的梦境不是田间庄稼
而是悬崖上的荒草

母亲离我而去
我的心里满是孤寂
梦醒
伤心的泪珠里
泡着的满是对母亲的不舍

等待的丁香花

在山花烂漫的季节
人们独为它举行花节
它就是火石寨
情人谷的丁香花
她的花容很美
我从诗人的笔下知道
它是一种痴情花
在情人谷绽放

等待的丁香花啊
如果你等到天荒地老
真能等到恋人的青睐
我愿化作一朵
情人谷的白云
伴随着云台山上
寺庙中远去的钟声
敲痛我心
想起情人谷
等待的丁香花

如果有天堂

我没有什么奢望
愿我站在高高的云端上
把你守望
让彼此的心奔放
愿你的花粉乘着清风
在我身旁飘荡

情人谷等待的丁香花
我不会让你等待
太久
太久

看夕阳

我把爱浓缩在
夕阳的余晖里
我守望西山
眼睛捕捉着
红艳艳的晚霞
天际中很平静
大自然中许多
蔚为壮观的生命
默默无声

在无风时
夕阳中的蓝天
解开衣扣
裸露出来
最美的胸肌

彩云飘来亲吻着
夕阳沐浴着
归鸟流连忘返
回旋着，回旋着

雪

杨秀琴

一直无法让自己相信
被你融入的生活感慨
走进洁白的世界
才感到是现实人生
轻轻捏一捏
化为清水
在余下的岁月里
我不能感知生命的长短
请允许我
好好地爱这个世界

留恋于山村
我踩着你追逐天地间
留下一串串足迹
我将陶醉在你的怀抱中
你给我洁白的美
胜过你亲密依偎着的大地
对着漫山遍野的你
我张开双臂
大声地呐喊
雪，我爱你

乡愁

许多年了
在葫芦河畔
我只跟一群野鸭打招呼
我独自看夕阳西下
看黄昏彩云
望着那些沉默的群山
裸露的山顶
披着霞光
像一个隐士

许多年
已经看不见
河滩饮水的耕牛
听不到牧童的笛声
看不见牧羊老人和他的羊儿
一河疯长的芦苇
跟着风儿来回摆动着绿色的波浪
多少落寞惆怅
随着晚风吹散
夕阳没变
村头小路没变

生活变了
把点点滴滴的乡愁
遗忘在了小路上

故乡的灯火

夜深了
那盏不息的灯火
闪烁在仲夏的故乡
那里的高原一片碧绿
那里的蛙声如潮
那里有慈母缠绵的叮咛
那里有老父期盼的眼神
那里有妻子感叹的声音
那里有孩子快乐的笑语
那里有杨柳树缀满蝉鸣

恍惚间，游子的梦境
被笛声惊醒
那渐渐熄灭的灯火
消逝于故乡的记忆里
身在异乡
孤独寂寞的游子
在灯绿花红中
以酒安慰孤独的心
步步惊魂
跌醒自我

将台堡工农红军纪念碑

杨秀琴

中国工农红军
为了正义、信仰
为了全民的生存、幸福
不怕流血牺牲
不畏艰难险阻
冒着枪林弹雨
跋山涉水，翻山越岭
走过草地，翻越雪山
克服重重困难
远征二万五千里
终于走出一条
人民幸福之路

扬名古今中外将台堡会师
奠定了人民的胜利
你是历史的佼佼者
从水深火热中救出民众
你们唤醒了世界苦难民众的灵魂
让红色渲染世界

今天，我们有了幸福的生活

是你们工农红军
用鲜血与生命换来的
用顽强的精神和意志换来的
将台堡红色圣地
承载着伟大的
工农红军长征精神
至高无上的历史定位
让中华民族
流传千古，绝唱万年
永远颂扬，铭记于心
深情缅怀，永垂不朽

再见青春

杨秀琴

我站在高楼大厦上凝望
满腹的惆怅
逝去流走的岁月
我只有轻轻嗟叹
时间啊，当你越去越远
我只有挥一挥手
再见了
我的青春

突然来到城市
让我陌生，让我彷徨
看着如蜘蛛网的街道
车水马龙
快节奏的城市生活
我如痴人
寸步难行
每走一步都由电子控制
交通网络太便捷
我被淘汰在
现代化的起跑线上

再见青春
再见了我的前半生
已步入老年人的行列
儿女们对我
反倒像孩子一样哄着
我清楚明白
我的人生已经返航
我泪奔
再见青春

离别

杨秀琴

不是所有的梦
都来得及实现
不是所有的话
都来得及告诉你
失落与孤独
总要深深地种在
离别后的心中
尽管他们说
世事沧桑
聚散离合
曾有那么多
但我还是
感到孤单、悲观、伤感

离别
刺痛的心
必定还要忍受
在你踏上列车的那一刻
我只能挥挥手
惆怅了很久很久
人在村口

孤独的心
却跟随你远去

等你

杨秀琴

春运
牵动着母亲的心
家很宁静
年已接近
却没有过年的气氛
母亲说没有你
就没有年味
母亲在村口等你
从晨等到暮
从春等到冬

那些自以为是的家伙
狂妄自大
把噩梦当成儿戏
一而再再而三地肆虐
是对人间生灵一次次地涂炭
母亲
向上天祈福
赐一把尚方宝剑
把恶魔镇压在
雷峰塔下面

等你
卸掉盔甲的那一天
就是新年
你脸上的笑容
母亲怎么看
都灿烂

耱

杨秀琴

山沟里回荡着
你的声音
一声声的吆喝
是你漫的
最动听的花儿
卷起裤腿
赤着沾满泥土的双足
为了把田犁得平整
时不时
踏碎翻出来的土块
你把自己的双脚
当成了
打土块的农具

牛鼻孔冒出的白气
混合在萦绕的寒雾里
晶莹的汗珠铺洒在
一对老黄牛背上
汗水也湿透了你的背
形成了云朵般的图案
要犁好每一块田

你一手拽着牛尾巴
一手高高地扬起牛鞭
两腿岔开踩在耱上
躬着腰
保持着耱的平衡
你已经娴熟了这样的劳作

一股飞扬的黄土
随着耱来来回回地弥漫
你迷离着双眼
紧紧地盯着地面
看耱印之间有没有
遗漏的地方
没有耱碎的土块
你会啧啧着停下牛
用脚抹平
保好墒土
贮藏好营养水分
把来年丰收的希望
封闭在耱底

离梦想最近的时刻

杨耀强

在我还小的时候
那时的风很大
那时的雨钻心
那时的雷电更亮
那时的冰雪无情

我迫切地想要长大
那样我就会有一双手
很大很大的一双手

大到足够填平所有紫外线可以穿过的瓦间
大到足够遮挡西北风的刁钻
大到足够安抚黑夜原有的静谧
大到足够迎合变换的冷暖
于是心底里的热爱与迫切
终究变成了与日俱增的茧

我放过牛

杨耀强，90后，宁夏西吉人。宁夏作协会员。作品散见于《延河》《关雎爱情诗》《大观》等。有诗歌辑入《中国百年新诗经》《中国诗文金点》等。

能换来兄弟姐妹学费的那种耕耘
我种过地
能让粮农舒展愁眉的那种庄稼

我修过路
能承载大国梦的那种平坦
我盖过楼
能让一座城被铭记的那种钢筋水泥

我拉过电
能让追梦人可以持续奔跑的那种光明
我指过远方
告诉过很多路人
看见了没
那里，还有那里
是一双手

我用这双手写过很多文字
慢慢地就不多用笔
原谅我吧，我有罪
还有很多事要去干
每晚我都会做一个儿时的梦
梦里有冬暖夏凉的港湾
那是一座城，梦很甜

迁宿

是不是一壶漂泊太久
你遏制行云的期盼
小时候我有家的坐标
那是妈妈缝进棉袄的线

长路漫漫
我踏过的所有星光如花常开
我摸过的每季寒冬
都如同食指的关节
自如、连贯
于是我以为，生生不息，岁岁年年

就像稻草飘到湖的中央
浪花并不说穿春风的语言
就算千年
携手、遗忘、流年……
不停歇的水，不变的岸
骗着善良的自己遗忘最远的身边

长大后我有家的坐标
你说我们的孩子会不会一生平安

是沧海尽，望桑田远
一把柴米，一斗油盐
峰回路转山比山
我想用倔犟不看白的发
我想用余生抚平皱的脸
都如同谎言
所有自如的关节都在发炎

我用千里眼凝望
坐标在路上、在原点，时隐时现
就像迷失的昨晚
散布在时光里的碎步
许给满月的愿望
我总是在春天里祈祷
祈祷山河常青，慈辉永安
时光请慢
少年莫等
不舍还徘徊的年轻
让我执笔写下释怀的青春
一纸天撼，一川天山

是母亲让我们并肩

杨耀强

在恰如其分的平静里
一片沃土只为滋养
至今，我们奋发的方式
韵律，在远离一切远离本真的嫌怨
只为遇见最好的友爱

还是一如既往的冬夏
长亭或古道的暖凉
给蓝天碧水
光一样的鲜亮
如微风捧着春花的清香
再不用分别何来、何往

如果你愿意时光更慢
如果我们终将并肩
我定会在伸手之前
在冬日搓热暖阳
或似深深地恋着你那般
用所有透过瞳孔的光
映射成执手相看的势样

就像沉默发出声音
认知频频低头
没有人用太久完成微笑
无论是热泪盈眶
还是慷慨激昂

对视

杨耀强

走进一个大西北的风雪夜
我与羊羔一墙之隔
在时间与空间的遥远墨色中
我披着一件羊皮袄

风卷起了羊毛，风里都是羊的味道
羊羔对着羊皮袄喊了一声
心里颤动了一下
于是我断定，它有心事

一场大雪，羊毛一样洁白
坠落没有一丝犹豫
你冷吗？你饿吗？
在你的身体里
有没有生长山泉、绿草和高山？

夜，是一道美轮美奂的风景
黑，罩着黑，白，映着白
没有一个呼喊会像风雪夜
漫天的羊毛
在我的疼痛里飞

又见雨中爬山的身影

目送——
一座云城欲坠
只有古老陈旧的山丘
抛给黄昏一串紧扣的锁链
随山水而下
北风再无悠然
打破山谷的静谧
回乡的路
一步跨出一座通心桥
一群山鸽簇着晚霞
翅膀湿了
飞得低，很用力

我也是路人

杨耀强

形形色色的脚在水泥路上移动
你我都是钢筋混凝土的路人
秋风伸出多情的手
挑动姑娘高高扎起的马尾辫
一排垂柳乘机摇摆身姿打情骂俏

孩童在争，辣条谁先咬
路人纷纷戴上口罩
我们都是安静的路人
我们都知道风来的方向
路人身上都有一股炸鸡的味道

一个老人手里握着象
观棋的不肯放下马
路人都挎着红色的包
包里都是回家的脚步
几个大妈各拎着一把韭菜
说是补补

顽皮的树叶对来来往往丝毫不顾
尽情地享受着自由翻滚

高楼的影子慢慢悠悠地爬上了高楼

一双高跟鞋低着头

像在诉说这个城市即将耗尽的浓厚

飞扬

杨耀强

带着一缕游思
不必违心地拍手
我是一阵暑风
与夏天一起燃烧、大笑

隐藏少年梦里梅开的冷艳
款款轻飞
在乡村寂静的山冈
用无声的呐喊惊悚家犬的狰狞
叫醒盏盏灯火

一股暖流无限温暖了久违的翅膀
终于找到意愿歇息的地方
像一堆纵横千年的火星
散布在随风低头的枯草丛
骤然焰起

透过这墨泼的暝色
我醉其不熄蓬勃
朝着一个方向
念一场虚幻的滋养

东方有一缕光亮
似你微笑的模样

与春天相遇

杨耀强

一场雪总会被一场雪覆盖
无休止地忽略
星空是不灭的，月夜是开放的
刚刚生了火，就已是春天
而我坚信，午夜会飞的都是有翅膀的人

黑夜只教会我无路可走的时候就狂奔
而此刻，赴约最适合不过
念一个名字，有人就会复活
想一段往事，故事就会重新来过
我是有信仰的
在晴朗的日子背上行囊，换上适合季节的衣裳

趁着年轻，我必须找一个安静的词语抒情
一不留神，故事里就逃出很多的伤心
丘比特哪里懂得爱
就像读懂一首烂诗，是件特别困难的事情

终于我找到一种方式，把写诗当作种粮食
挥笔勾勒出一个个带芽的种子
抹去牛的艰辛，擦去父母的汗水

四季都是风和日丽的轮廓……
多年后，我还会打听字里行间的那个姑娘

熄了灯的人，会发现黑夜里注视的眼睛
春天了，北风还是执意
记得小时候的流泗脸红
是因为衣袖擦拭寒冷
大手牵着小手
有吃的地方都可以叫厨房

一颗流星悄然滑过
一段岁月因光遗落弃绝
即使这样，下一场雪也赶不上
春天和我一样，匍匐在饥寒交迫的中央
时光总会被时光遗忘
黑夜过去的黎明睁开眼，一切都是生活的真相

一滴会飞的泪闪着星光

杨耀强

当所有的光亮在夜色中隐藏
秋风秋雨就会走进不眠的诗行

我试着打出一滴泪的行程
不用一笔一画
此时轻触指尖
比岁月更缓慢一些
你会看到一盏会飞的泪闪着星光
从浓重的山雾里下坠
在前行中默不作声

没有思念和疼痛的是风
秋风会洞穿薄薄的灵魂
洞穿诗情画意的晨霜
每一粒霜都是会飞的泪凝结而成的
爬上窗就成了窗花
落在草尖就成了霜冻

你忘了吗?
你转身的大地之上
有我爱的狂野的风

还有无限的温暖和光明

我想祈祷北国的风，莫匆匆
我想告诉北国的人，莫言恨
我只是一滴会飞的泪
找不到一条路通向你
却在无意间滑落
湿了你的衣襟

又一春

杨耀强

这是一场爱，允许我喊出幸福
当我羽化
定高过向日葵的腰身

北国的风，温情无限
雪花挥动翅膀只为原路返回
再没有谁，把往事掀开

月光没有转弯就径直走来
刚好落在不安的笔尖
失明了好久的偏见乘机移情另一簇炉火
爱的信徒却执迷不悟

是爱的时候了
爱上的时候就用方言表白
我是一个外乡人
误会了风景

雪一直下

雪一直下
像很多离人的泪在飘
又好似很多迷离的眼在寻觅
有一些会在黎明
找到各自安心的地方
有一些会在夜里
悄悄走进诗行
离别的话就要说完
雪一直下

你是我世界的烟雨

杨耀强

恰到好处的黄昏与你相遇
那时的你应该走了很远的路
在你走进我眼睛里那刻，我看到
你眼里溢出的光芒

自那以后
我迷失在寻你的黄昏
抑制不住，反反复复
仿佛一伸手就可以抓住永恒
又仿佛一转身就只有云影

此时隔着夜的距离
我没有盛放的情怀
曾经走失的归途
有你的夜
月缺月圆都醉人

额头锁不住年少，我哭过、笑过
我忘了田野，忘了江南楼台……
只记得有你的季节
花朵的语言柔情似水

只记得我的世界里
烟雨是你

现在我才知道，没有什么能抚平直白的孤独
再提起笔，笔尖在梦的裂缝里
因为我写的每一个字
字里行间的风尘
注定我将背着众生潜行

领地

杨耀强

还差一米，太阳就能升起
仔仔细细，折断一截玉米秆作为标记
断了的就有了缺口
风顺着缺口，开始走进诗行
而我总认为知春者暖

其实不必停留
更走不到日落
山与水的往事，千古愚痴
如若你不说
且让我边走边悟

既然回忆也在老
我便要道破此刻的允诺
前世的都城
那些来不及飞走的惊慌
所有的尘土
在冬天，都会把芽深藏

那么，我不与无情比胸怀
我知道你也在看

真实和虚幻
所有我能使用的文字
来来往往都是谁的名字
我注定要换种路过的方式
躲在白云、蓝天下
朦胧里
克制还可以克制的无知

孔府宴

杨耀强

我愧怍我浸在悠远的故国
我愧怍我掮翻仁礼的流波
我无从辨认先民的慧魂、聪魄
百余年，春秋梦
千余年，孔至圣

扑打这文化的古潭
是何处来的浪涛
竹影，苔痕
一道一道地尽散
落花，年轮
一层一层地狠添
我不识圣人
我愧怍我脉搏里涌动的热血

视樽，眼亦澈
酒香，遏行云
此番欲吟至寒宫
怎奈醉眼蒙月痕
诗人不才把盏遥宴
而慕孔府之醉

试问

醉里更有谁

五行诗

好像幻觉，抑或梦境
我的村庄蒙上了一层薄纱
当我走过熟悉的老巷子时
喊我乳名的叔伯少了又少
叫我叔叔的陌生后生多了又多

石永成

石永成，70后，宁夏西吉人。固原市作协会员、西吉县作协会员。作品散见于《葫芦河》等。

这恼人的四月天

这恼人的四月天
尘土飞扬，一阵大风
吹翻了路边的铁围墙
咔嚓咔嚓地响个不停

桃花虽然开满了山坡
可是没有蜂蝶光顾
好像一个哭丧着脸的灰姑娘
哪有激情踏青赏桃

第聂百河上的战争还没有结束
这与我有何关系
我只知道那儿随时有人死亡
我们生活在和平家园里多么幸福

疫情阴魂不散卷土重来
我沿着老路往家里走
却被防控铁栏挡了道
可恶的病毒下地狱去吧

有些事总不能遂人心愿

诗意的春天没有一场雨
感冒头疼让人心烦意乱
这恼人的四月天

石永成

影子游弋在黑夜里

影子游弋在黑夜里
它睁着蓝色的眼睛狂笑
它像魔鬼一样煽风点火
那些追求者为它神魂颠倒

游戏就这样开始了
它用甜美的语言建造伊甸园
它用海伦的美色引发战争
它笑着在炮尸下捡拾黄金

铁水溅起的火花点亮了夜空
沉痛不堪的楼房冒着浓烟战栗着
皇村的石头痛苦地哭泣着
城市已经死去，平原已经死去

每个人都睁大了惊恐的眼睛
在黑夜里流下哀怨的眼泪
每个人都被迫背井离乡
成为无家可归的难民
每个人都随时可能倒下
没有一块白色的裹尸布

鸟儿渴望栖息在树林里

蜜蜂渴望大片的花海

平原渴望长出绿色的庄稼

如果可能，我愿用诗熄灭战火

石永成

忘记她吧
——致汉忠

忘记她吧，忘记所有的痛苦
河水已经干涸
那些眼睛里闪着绿色光芒的蛇
正蠕动着身子爬满干裂的河床

在寒冷的夏季
玫瑰已经枯萎
一棵槭树在尘中卷起所有的绿叶
缪斯戴着蓝色的眼镜走过

没有人知道巩乃斯河有多深
没有人理解肖尔布拉克的酒有多醇
阳光照着绿色的蔬菜大棚
西红柿笑着张大了嘴

总想忘掉所有的痛苦
在乌鲁木齐繁华的街道上
两个乞丐笑着走过
飘散着黄色香味的羊肉串旁
我没有忘记你快乐的微笑

惊蛰

一觉醒来
看似平静的冰湖下面
各种暗流涌动着
一切变化和融雪一样快

在惊蛰这一天
我正在读一本关于皇村的诗
一首摘自瓦西里卡遗言的诗，以及
关于战争和死亡的消息

石永成

春天多么美好

春天多么美好
一朵花蕾在雨中微笑
一朵杏花在风中轻歌曼舞
一朵玫瑰在我的春天里悸动
像呼吸的空气
我时刻能嗅到一朵花的芬芳
你如花似玉的气息
在我无知的心里战栗

当你从我对面走过
我的心开始剧烈地跳动
全身的血都涌到脸上
好像火山突然喷发上云端
我的爱情在沙漠里燃烧
我低下头没有勇气看你
而你像陌生人一样
迈着轻盈的步伐
像流云一样飘过我眼前

我一次又一次从你窗前走过
我多么希望能看你一眼

希望能看到你微笑
而你总是帘幕遮掩
我是多么的寂寞
我是多么的懦弱
连一句话也不敢对你说
就背着沉重的石头
从篱笆墙外走过
流浪，流浪

在风雪飘摇的日子里
在城市霓虹灯的寂寞里
在钢筋混凝土的火热中
心中的红玫瑰打包封存
偶尔在梦中
一根蒿草梦见
一朵玫瑰花开在南方的花园里

当我老了，当你老了
流浪的心归来
我已把对你的爱恋
思念成绿色的祝福
栽在你厚重的土地上
我是多么的幸福
你是我一生的甜蜜

你是多么的幸福
在一个人的爱慕中
走过了一生
而没有被打扰
春天多么美好

黑夜哭泣又悲怆

黑夜哭泣又悲怆

转动的三色光

刺进夜的胸膛

黑色大理石穹顶灯火辉煌

一个夜游者在路灯下正疯狂

天上的星星想把微笑投向小窗

明亮的霓虹灯挡住了夜的安详

数星星的孩子惆怅又彷徨

月亮难抚黑夜的悲伤

城市夜空富丽堂皇

香车宝马又梦回大唐

是谁夺走黑夜的裙裳

石永成

冬至

我攥着一个雪球
冰冷刺激着我的肌肤
内心却温暖回流

一些过往像冰一样消融
一些疼痛像梦一样忘掉
一些经历像财富一样积累

坐在火炉旁，温酒，煮茶
在黑夜里，读书，写字
在大雪里，看一棵树涌动的春天

走进西滩

走进西滩
好像在母亲的怀抱中
安静地望着前面的峡谷
游子乡愁瞬间
释怀在山坳里

层层梯田线条曲美地盘绕
像腰带一样缠绕，然后
大度地舒展
因为粮食
总感亲切、踏实

红墙绿瓦
一排排民房错落有致地排开
干净、整洁的公路歌舞
盘旋，迂回
舞着美好祝愿

文化广场像聚宝盒
凝聚着西滩人的财富
工人正给树理发

石永成

新垃圾箱快乐地安了家
人人都在美化家园

走进西滩
因一棵巨大弯曲的古柳
顽强不屈地生长
赤裸地献出自己
而感动

雪后

雪后
冷空气浸透了每个空间
太阳不知不觉地升起
秋叶纷纷坠落

它们生长在不同的枝条里
它们有的在枝梢，有的在枝根
它们有的生长在阳面，有的生长在阴面
它们大小不同，颜色不同
它们生长在同一棵树上

秋叶以不同的姿态坠落
它们有的侧着身，有的平躺着
它们都坠落在泥土里

我惊奇地发现
它们在坠落的一瞬
都发出无声的叹息
都在无声地震颤

我随便拾起一片秋叶

石永成

发现每一片斑斑点点的叶片

都有许多动人的故事

冬至

封印的寒冬
被午夜的冷风撕开一道口子
罐装季节的密语
撑起数九寒天的开始

热气腾腾的饺子
裹着满满的祝福
期待昼夜交替的思念
把最短的时间拉长

张世平

张世平，网名"家有四千金"，70后，宁夏西吉县人。宁夏诗歌学会会员、固原市作协会员、西吉县作协会员。作品散见于《中国微型诗》《宁夏残联》《固原日报》等。

春风

一场春雪
惊醒了冬眠的土地
揉着眼睛
催促蛰伏一季的小草
赶快出来透透气

消瘦的树枝
在晨曦的雨露下
升腾起蒸汽
如同一位老者
在喝罐罐茶

闲置的犁铧
开始摩拳擦掌
活动筋骨
准备大显身手

老黄牛嚼碎
最后一口饼干
不太情愿地叫上老伙计
一起丈量厚重的土地

惊蛰

一声惊雷
吵醒了沉睡的绿芽
柳树舒展弯曲的枝条
垂落在小溪边
洗漱岁月的尘土

春风唤醒熟睡的土地
撒娇一般的酸软
农人取出闲置了一冬的犁铧
开始播撒早春的种子

燕子层层剪断
冬日蓬乱的发髻
用一种全新的姿态
迎接蓬勃向上的精神

雨雪

一朵游走的浮云
被醇香的米酒灌醉
搅拌着多日的积怨
滴落在西吉这块祥和的土地上

土豆特有的气息
泥土特有的清香
吮吸秋雨补给的能量

玉米还在硬撑着
冷风寒霜的拍打
咬紧牙齿在观望
从豁岘口飘过来的雪花

南归的候鸟
把清脆的歌声
播放在季节交替的山林里
一场秋雨雪霜的故事拉开帷幕

乡韵

站在岁月洗刷的平台
凝望秋风渲染的乡村
清爽而淡雅
释怀悠然自在

绿色的陪衬
映红成熟的果实
忙碌的身影
穿梭于田间地头

蜿蜒曲折的盘山公路
导航迷途的指引
苔藓植被烙印
穿插蜘蛛网线

别具特色的民宅
层次错落有致
幸福发展的空间
拓展在大山的诗画里

张世平

久违的一场雨

得了哮喘病的秧苗
被路过的微风
扶正了跌倒的影子
抓住干裂的双手
凝视远方的云朵

在端午离骚的节日里
屈原的故事感动了上苍
憋屈已久的泪水
夺眶而出
稀里哗啦地满地流淌

田地里的庄稼
张大嘴巴喝着
来之不易的雨水
骨骼拔节的响声
敲击整个村落

秋夜的风

瑟瑟发抖的瘦风
在怒吼中摇晃树枝
肃静的秋夜折腾起来

不断敲打着窗棂
伸手不见五指的黑夜
睁着惊觉的眼睛

此起彼伏的吼声
由远及近
由轻到重

带着浓厚的乡音
发出泥土的气息

张世平

思乡月

谁用相思填补空缺
谁又拿它画饼充饥
把远方的思念
蹂躏在明月光环里

秋风捎来书信
用沾满泪痕的墨迹
书写不一样的牵挂
隐隐作痛在心间

秋水盈满瑶池
溢出扯不断的水滴
湿了来时的心
干了回家的路

一抹乡愁

狭小昏暗的小屋
弥漫着岁月的痕迹
炉火的光亮
映出苍老容颜
不再惊扰寂寞
煎熬在罐罐茶中
岁月翻腾着曾经的梦
品尝生活的酸甜苦辣
把一生的感悟
悄悄咽下

张世平

你来了

你来了
带着洁白的哈达
献给封冻的大地
苍白的世界犹如仙界
刻画另一种心情

你来了
把憋屈已久的委屈
诉说出来
显得有些憔悴
却又舒心

你来了
来得洒脱
用自己特有的姿态
描绘不一样的情怀
装点人间的美

你来了
缠绕多日的细菌
都被你彻底征服了

狼狈逃窜得无影无踪
不敢踏进属于健康的领域

你来了
打破黎明前的寂静
一切都沉浸在你的怀抱中
感恩这玉洁冰清的世界

张世平

出逃的雪花

山坡上的枯草
梳起了大背头
随风摇曳
呈现出一种倔犟的性格

宁静封存的河流
静卧在冰层下
窃窃私语
冬雪出逃的事

麻雀正如一个长舌的农妇
四处造谣生事
添油加醋
唯恐天下不乱

坐等许久
还是没有看见你纯洁的容颜
那些谣言
变成了饭前饭后的谈资

熟悉的地方，陌生的梦

张世平

几次造访
熟悉了周围的空间
摸索出环境的脾气
协调在融洽中

友谊长存的话语
填满犄角旮旯的空缺
浮上喜笑颜开的面孔
充满文化交融的过程

白昼缩短时间的距离
夜晚留宿聚集的肃静
无法入眠的干扰
打断思绪来潮的尽头

起笔留下感想
推动秋风怒吼的过客
计算时差的错过
陌生了一个不真实的梦

小年

年的脚步跨过千山万水
越过纠结不清的情感
迈进热闹非凡的街头巷尾
洒满整个乡村

喜庆的气愤不改
昨日快乐的笑脸
宾客相逢的欢欣
如童年一般美好

忧愁的脸颊
挂满日月更替的痕迹

年关岁末只是一个团圆的总结
放下过去，怀念曾经
慢慢细数岁月
瘦了身影，增了岁数

一场春雪

多日的紧张气氛

一直盘旋在心头

不敢出门

谢绝访客

是谁的嘴馋惹了祸

新年变得提心吊胆

天变时日云雾多

西南风横扫黄土高原

怀着希望留住这朵云层

来一场春雪降魔

缓解内心积怨已久的压抑

期盼已久的那片白

覆盖寂静村落

止住了出行的脚步

扼杀阴霾的雾气

撕碎疯狂者的爪牙

用冬天的雪

融化春风里的傀儡

张世平

再还美丽江城
一副崭新的画面

母亲

在这个纷扰的世界里
有这样一个女人
视你如宝
视你为全部
用骨瘦的躯体释放整个爱

在这个复杂的社会里
有这样一个女人
拿最朴素的食材
做出忘不掉的香味
用油灯下的针线串联起割舍不掉的亲情

在清贫如洗的家里
有这样一个女人
用勤快的双手
默默付出的汗滴
编制出五彩斑斓的温馨港湾

在月圆挂树梢时
有这样一个女人
傻傻地站着村口的榆树下
用模糊的眼睛眺望

远方牵挂的熟悉身影

在这个特殊的日子里
有这样一个女人
被儿女们
用感恩的热泪
祝母亲节快乐

春

春风拂动，温柔燃起一片粉色的海
仰望蓝天，白云轻盈

三月，温度升高，大地泛青
争奇斗艳的花朵
把镌刻于此的纪念
植根于远去的时光中

花瓣贞洁
此时，适宜静默
在静默中收揽阳光、月亮或星星
置身于这澎湃的季节
以笔、纸与青苔，谈论人生
这世间
有多少渴望燃烧的爱或被爱
期盼被这温馨触碰，有力地包围

按捺不住的思绪
掀开了无邪的童稚

连少文，70 后，宁夏西吉人。中国诗歌学会会员、固原市作协会员。作品散见于《六盘山》《湖北文学》《齐鲁文学》等。

连少文

尘封远去的荒芜
有人已匆匆离开
有人缓缓漫步而来

时光之外，一些夜晚的断章和花事
与我，如期而至的华发
格外分明
有多少青春能诠释生命
又有多少乱石绿植下纷乱的形骸
在遍布山野的春花鸟语中
为这一世的红尘拨动流水的禅音

美好的事物

我一直和沉寂保持着亲密关系
河流会在冰雪融化之时，在波光粼粼里
带来我可以看见的、曾经的身影

连少文

我知道身边的无用之物太多了
以为再等一等，一定会开出花朵

远处的雪上，飘来迎春花的清香
浸入身体。内心的冰冷之物开始融化

之后还有杏花、桃花
总有那么多美丽的花
一朵接着一朵地开
让人来不及忧伤

这么多美好的事物
悄无声息地来了又离去
我的耳朵警惕每一个有响动的季节
我知道，有一朵最不显眼的一定是你

思念

用一壶老酒
把干涸的思念
浇灭成灰烬
让慈悲的死亡之花
绽放在记忆的胸口

阳光带刺
戳伤一截残碎的肢体
影子，扭曲了原形

侧耳紧贴一个脚印
仔细聆听日子渗进泥土的响声
曾经，那些亲切声音和梦中故事
依然继续

试问冷漠与诅咒
是谁，又能安抚这罪恶之身

柳絮飘飞的日子
阳光从容依旧
揣摩那些渐渐远去的记忆

从未凋谢的怀念
久久徘徊

此刻，我那长眠于黄土之下的亲人
一个个跃出了土地
思念，紧缩至唇间

连少文

习惯了在深夜时服侍一盆花草
习惯了在服侍完花草后的梦里
与你再次遇见

故乡

昨夜，最后的南风
抚去月亮和心头的锈，轻唤我乳名
我几乎忘记停留在石头与石头之间的时间
目光从未为远方的野花流转
我在等一块石头开花
为我的眼睛汲取火光
阴云和洪水也曾洗劫我空旷的虚谷
我只是小心翼翼地聚拢眼里的浩瀚
眼角的缺口始终固若金汤
我几乎石化，成为故乡的另一块望石
这一生，我的目光都聚焦于故乡

风

一场持久的空旷过后
置身黄昏的河岸
清点这厚重的人生
冷清如石的风
把一层一层剥去的生命
抛弃在辽远的暮色中

是风，摘走了生长在头顶的青春
云，低头俯瞰生命
风总会在合适的时机无情地出手
消磨生命与毅力
摇摆着
捡拾日月的身影

在暮色降临之前
风把一片火光
醒目地推向了天边

连少文

雨水

漫过一道道山冈
跃过一条条河溪
现在，它们正赶往另一个出口
雨水，在大地的腰际
呈波浪状，奔向万物的核心

它们跑着，也可能会一直潜伏在荒野边缘
烟雾般的意象
——铺开丝绸与宣纸
让那些经过雨水的人
听着它们骨头与骨头
彼此碰撞的风语

眺望远方的人

生命，被匆匆的时光

编织成一道道风景

蓝色的夜晚

散开的星光

趁着月亮还未转身的空隙

我陪着风

用脚步丈量着一个城市和远方的距离

不是因为孤独

而是在心里种植了太多的回忆

夜色斑斓

楼宇间

有人哼着小曲匆匆离去

也有人站立窗前

透过玻璃呆呆地凝望远方

此刻的我

也许是那个哼曲的人

也许是那个透过窗户

向着远方眺望的人

梦

在深夜，擦拭一轮明月
风起的时候
我把一封未读完的旧信
托付给晨晓的光明

轻踩时光，未来亦如过去
曾经融入雪中的脚印
依旧在人间迷失了去路
回头，喊出一个名字
没有得到回应

这淋漓的人间
悲喜交接
锋利无比的光阴
割开我的额头
割开我的眼角
割开我的胸口
让月光从伤口处点点溢出

梦从月亮中走来
银色的光线从瓦楞间滑落

透过枝叶的缝隙

河谷，滞留在窗口

波光相映

今夜，月落乌啼

而我，需在额头缝上四十五针

然后许下一个小小的心愿

给晚归的人留下路和灯

连少文

在路上

月光潮润，每一处角落
都能嗅出春天的青涩

对一条缠绵的路致意
被鸟语清洗过后的天空
是如此的蓝。这春暖花开的力量
为我，播种坚强

梦想是每个人生命中的一片海洋
守着梦想耕耘，向着收获成长
生命，不需在意那些挫败与惆怅

景仰那些在奋斗中绽放的美丽
叩问那些已流逝的时光
前行的路上
我把感恩与爱
写进美丽的诗行

岁月

往事化为片片落叶
给记忆留下了最美的容颜
枝干始终凝视着风去的方向
眼中消失了盎然与波澜

一条曾经开满鲜花的小路
一只曾经凌空远去的苍鹰
遮住了渐行渐远的岁月印痕
时光的大河带走了所有的忧伤和绝望
把童话故事散落于一块土地的角落
仿若多年以前
那激情似火的静好日月
我愿时空定格……

是谁依旧站在来时的路口
似律动的诗行在等待明媚的晨光
露，是昨夜月亮流给太阳的眼泪
守着牵挂和相思
静静地倾听旧时的涟漪
牵挂着一场雨自北向南远去的季节
牵挂着一片随风飘逝的落叶

愿沉默，也不再诉说

湿漉漉的日子
在浅浅的梦境里荡漾着水波
一弯蓝色的新月镶嵌在漫天星际
没有了约定
有的，只是
在记忆的溪流里轻吟低语的释怀

追寻落日

风，掠走了夏日的云
我独自仰望苍穹
秋色中蹒跚的脚步
于远山和夕阳的交接处
尽力寻找灵魂深处的一个回眸

在时光的轮回中
守望一片寂寞的净土
将心依附在光阴之外
深夜时的灯光伸长了脖子
期待着黎明与曙光

岁月厌恶了虚伪和伤悲
正如这无言的暮色
在孤寂的残墙根
仿佛饱经风霜的苍柳
与世绝缘的我
依然自导自演地欺骗着自己

当夜色被拉上了帷幕
年轮总会祭奠逝去的光阴

连少文

131

这半世的日子

已从指尖悄悄溜走

二十年，三十年，四十年……

一切都触不可及

给生命划上轨迹

当我们老了

在回首往事的路上

那些磕磕碰碰

那些四面楚歌

那些星星嘶喊过后的天空

在大海的急流恶浪中

在尘土飞扬的季风烟雨中

在一事无成的人生和岁月中

淡淡逝去

冬至

窗外，夜色渐稠
铺满月光的道路尽头
城市的霓虹在咖啡与乐符的迂回中
催赶着来去匆忙的行人

连少文

掰开一瓣月光
朦胧彷徨在肆意舞动
印满风尘的几片枯叶
格外亢奋

寒风，吟着风中的凋零
伸展开无尽的臂膀
把脸紧紧贴近大地的胸膛
冬夜的冷漠，淡忘了秋叶的忧伤
是谁，在街灯下形单影孤？

星光点点，万物悄然入梦
撩起夜的黑纱
几个偎依抱团的文字
在冬至夜
墨染了喧嚣

冬至大如年

窗外

一季银光，醉倒在窗棂

星空下的断章（组诗）

一

夜空，低垂至一粒飘浮的尘埃之下
淡淡的光芒
不再拘泥于一些黏稠的仪式

二

黑暗中
睁开，或闭上双眼
其实它们已没有区别
只是对一片纯色的抚慰
心头的锈迹
只为瞳孔汲取几分意象的色彩

三

对一束光亮的青睐
这尘世的诱惑总会使你敞开心扉
那些驶向远方的光阴
早已设法掏空了你的耐力

这时的你，只是一颗失落在时间罅隙里的露滴
你疲惫于艰难的跋涉
也不在乎山与水的静寂

四

赦免内心的沉石
当你又一次回忆起那些生与死的告白
就会想起把自己交给一片花叶
一滴露珠的呓语，依附
一滴露珠收获的火焰
和一个疯狂畅饮火焰的灵魂

露珠闪耀着光芒
而我的爱人和孩子
她们始终未曾离开我温情的视线

五

唤醒即将离我远去的星星
唤醒天空、云朵和缠绵的风
唤醒这个季节
以及在这个季节里活着的所有生命
把一切视为能够托付的事物

袒露胸襟，卸去负重
这尘世中有多少稀罕的承诺呢？
唯有时间，兑现了自始至终的诺言

六

我一直悲伤着
把一片烟云，视作故土
烟雾浮沉
而落于低处的我
嘴边，时常感慨往事如风
时光浅浅，文字隐忍
越来越小的星星，开始逃离天空
这一刻
时间这么近，又是那么远
生命里，从指尖弹起的心跳
有了多少期待
就有多少甜深入骨髓

连少文

雨夜

常常悲恸于一些无关的事物
任凭风雨
摇曳着沉寂的夜

岩石的面孔如故
远去的雨水留下金色的气息
这使掩埋多年的尘埃
再次散发出新鲜的气息

星光来自于水的碎片
而我的身影，仅是一个真实的晃动
碎片之下，无数的洁白之物
在灯光的纹路里寻找欢愉的旧痕

喜欢在这黯然中捕捉星光
那些失去了诚意与真实的虚幻
仁慈的神态和烟火的味道
在星光散去时，在提醒我来时的方向

日子

脚步，深陷于匍匐行进的洪流中
那些或深或浅的优美与凄凉
如晨露，或划破长空的鸟鸣
已慢慢成为另一件事

连少文

露珠闪耀着光芒
天空、白云、仍旧在昏睡中的无名昆虫
它们在黑夜的冰花还未逃离之前
把朦胧的天地
深藏在一本未曾翻阅的书页中

我们以这样的方式重逢
于是，昨夜的梦
就此安置
无数折断的光线
搅动拥挤的人群
最后把一脸的倦容
挤进了追逐月亮再次慢慢升起的背影中

谛听黎明

细数着风的脚印
抬头，仰望夜的苍穹
那片陌生了许久的云
从千万里的高空
掷下了满天的点点繁星

在暗夜里舔舐着伤口的人
把心跳，寄存在落日时的彷徨中
那些黑得瘆人的污迹
和已被风干的误解了黑与白的光泽
紧随一个身影

此刻，那些
依旧激烈探讨着生命和哲学的男人和女人
他们谛听着骨骼燃烧的声音
当声音高过一座山头时
他们左手抓着时间，右手护着生命
但从未戳破各自内心那脆弱的隐秘

遥望夜窗

满目星辰的壮年
无法奔走于
世间沧桑

岁月的年轮割据
眼帘印下一目疮痍

卧躺床间
脑海里
没有了山河样貌
聆听窗外
漆黑里
一场大雨呼啸而来

久旱的大地
早已干渴难耐
梦里
是站在玉米地

马骏，笔名"柳客行"，90后，宁夏西吉人。宁夏作协会员、固原市作协会员。作品散见于《六盘山》《宁夏文艺家报》《固原日报》《葫芦河》等。

马　骏

展怀抱水的诗人
梦醒的铃声
唤醒了
满目迷眼污垢的农人

诗人的喜悦
奏响了
还未洗脸的懒人
可又能有谁
唤醒布满眼屎
遥望星辰的诗人

我不写诗

我只是一个平凡的人
平凡地坐在轮椅上
我不写诗，更不会写诗
我只知道我被称作残疾诗人
因此我不写诗

我只记载世间美好
记住美丽笑容
心中印刻温暖的瞬间

我跌倒过
世人认为我是碰瓷的，避而远之
一位美丽的天使扶起了我

我泪奔过
世人认为我是疯子，躲了又躲
有张面带微笑的脸赐予我止泪药

我死去过
世人都怕我，不敢靠近
有个掘坟人给了我一颗心

让我记住世间美好

可他叫我别夸耀，也别渲染
更不要做作说他有多好多好
他只让我记住
他在默默地、快速地做

我已深深地记住了他的名字
叫扶贫照顾政策
我也深深地记住了他的模样
是繁花似锦的城市
我更深深地记住了他的宣言
在致富的路上，轮椅朋友一个都不能少

笔墨与生活

笔下记载了沧桑
像长满了褶皱的娃娃脸
想用化妆品装饰
笔里却没了墨

幸好我有辆轮椅
能追寻勃然的装饰品
安静地坐在大自然里
涂擦风的温柔
浩瀚的山野似席梦思床头
躺卧，仰望无际的星海
天马行空地勾勒世间美好

提笔写下轮椅之上的一染墨
思考遇到的幸运
是谁给了我憧憬
又是谁让我拥有了享受美好的权利

豁然开朗
我开始庆幸
庆幸我能在夜晚感受家的味道

马 骏

145

庆幸我能安静地入眠

庆幸我有个家

祖国也叫家

收纳了一个千疮百孔的人做他的家人

我不是诗人

我是一个孤儿
流浪街头
看遍人情世故

我不是诗人
我不会诗情画意
我只用心去感受冷暖

我爱一个人
他叫家人
为我驱除雾霾、扫除疾病

我不是诗人
我不写诗
我只是看着
看着我的家人在努力

做让我富起来的事儿
做让我健康起来的事儿
做让我感到自豪的事儿

马　骏

我不是诗人
我是一个轮椅使用者
一个坐在温馨屋子里的轮椅使用者

我不是诗人
因为我不懂诗情画意
我只会用手感受温度
用眼睛感受亮度
用心感受爱
出自家人的爱

我再说一遍
我不是诗人
我是一个普普通通的轮椅使用者
一个爱我的家的家人
这个家被亲切地称作祖国

母亲

一地鸡毛的生活
牵绊着一颗稀碎的心
扫帚、拖把、抹布相伴一生

母亲流过多少泪
我无法数清
望着轮椅上的孩儿
安静地流淌滚烫的液体
我瞧见的也已数不清

多少个夜晚
因一个离奇的梦
轮椅上的孩儿奔跑的梦
您一梦惊醒
翻身来至孩儿身边
装睡的孩儿
听得清您的梦话
只是
不敢接下您的梦话

一首诗

马　骏

149

怎能写清母亲的故事
只在心中默默祈祷
您的白发少长些
少有的笑容
我能多瞅见几回

跌倒

一只花蝴蝶
我不知道
它是年老了
还是病倒了
一头栽倒在地

它丢失了飞行的本事
几只蚂蚁乐疯了
呼唤着同类
声音里有期待、急切、癫狂

它颤抖着
翅膀不停扇动
也许是痛了
我感受得到
那种痛

我不忍再看它
摇着轮椅转身
离开时我只希望
它的灵魂

马　骏

脱离肉身那一刻

还能拥有

飞翔的力气

夜

我喜欢乌云的洒脱
挥一挥身上的汗水
送人间清凉

我喜欢落叶的忠诚
剪下输液管
热情亲吻土地

马 骏

我喜欢北极星的孤独
放下千年繁华
只为等待迷失者

我喜欢安静的自己
大声呐喊着喜欢
却没有动一下声带

落魄

风
抚过耳窝
喊了一声

失魂的人
打了个哆嗦
醒了

黑夜
溜上树梢
被风的呼喊
抖下了地

醒了的人
望了望夜幕
低下头
不知该向风说句什么

我与你

公园有了桥
红漆路也是新欢
平整的砖石路
让人欣喜

遥望湖面
我猛然想起
不曾为你写下
一首诗

马　骏

与你相识
离不开那个地坛里
摇着轮椅的巨人

每逢到此
他必将拨动我的心弦
每逢至此
你也必将净化我的心灵

梦里的梦

瘫在床上难起的夜里
脑海闪出一个梦
是文艺女青年
牵着轮椅少年的手
在夜晚的霓虹灯下
慢慢走过长长街巷

那是与病魔抗争的梦
那是痛苦的身子里挤出的一丝甜
那更是完好的脑海挣脱病魔的信号
可那仅仅是一个梦
一个轮椅少年触及不到的梦

她悄悄走了进来
从梦里拽出了
身坐轮椅的我

那个不经意的夜晚
寒风侵袭着我的身体
她的手是那样温暖
紧紧地握住我的手

她又像孩子一样活泼
抓着轮椅少年的手
轻缓又欢快地渡来渡去
我的心也跟随着她
疯狂地奔跳

她像天使一般
闯进了我的梦
唤醒了我
拾起了我的一缕魂
存入她
天使般的心里

马　骏

157

灯盏

扫帚来回摇摆
我听得见

拿扫帚的人
一跛一跛地挪动着
我想起来

望着窗外
透亮的灯盏
看起来是那么孤寂

沉思良久
我却想说
你还是个娃娃
并不孤寂

十年前
没有灯盏的相伴
挥动扫帚的人
依旧是他

摸着黑

一跛一跛

踏过了

这街头的每一个

角落

折影

影子怕黑
总在有光的地方出现
影子怕撒谎
一辈子不吱声
影子怕离别
不会给你一次
相拥的机会

我认为
影子折了
折在没希望的希望里
折在困惑的不困惑中
折在一汪眼泪的纯净里

影子
即便折了
却也始终没有离开
板板正正的你

又走了

戈壁滩里
一团烟火
揪了一下
养母的心

消息比人跑得快
亲戚故人
长队相守
只为等待
八年不归的魂

他回来了
有了光荣的名字
烈士
警灯、哭声、心绞
让他睡不着

他只看了一眼
眼神迷离的养母
又走了

马 骏

他急匆匆
去了戈壁滩
那里有
匍匐看见的一株草
背枪种下的一棵树
站哨流下的一滴汗

通道

缓缓的斜坡
直通轮椅使用者的天堂

听
老者的腔调
是传统的味道

看
一帮子坐着轮椅的朋友
笑语甜润着这里的空气

凝望着通道的对面
高楼俏丽
门牌亮眼
生意人的天堂

木愣良久
想起父辈的话
这里是城中心
最富贵的地方

马　骏

通道架上的公园
在这最富贵的地方
欢声笑语
入耳、入眼、入心

守望

我望眼欲穿
山的那边青翠苍茫

你不来，我不去
月光剪辑着我的身影
思念堆积在心房

我在夜里伫立
心长出一双翅膀
飞向远方

单小花

单小花，70 后，宁夏西吉人。中国诗歌学会会员、中国少数民族作家学会会员、宁夏作协会员，鲁迅文学院第 20 期少数民族创作培训班学员。作品散见于《文艺报》《中国校园文学》《散文选刊》《作家通讯》《清明》《安徽文学》《朔方》《黄河文学》《柴达木》《齐鲁文学》《昌平文学》《六盘山》等。出版合集《就恋这把土》、个人作品集《苔花如米》。散文《樱桃树下的思念》获宁夏回族自治区第十届文学优秀奖。

致文学

你给我落寞的人生
抹上了一道
亮丽的色彩

像雨露
滋润着我干枯的心灵
像母亲
抚慰着我受伤的心

我的灵魂深处
一抹温情
像阳光一样
像一盏灯

有你的陪伴和指引
我的人生
不再孤零零

想念父亲

父亲是一颗星
在灿烂的星空

佝偻着身子
在田野里操劳
背着日月
行色匆匆
却总是与我擦肩而过

单小花

167

阿梅，我多想再看看你

阿梅，你远去的消息
窒息了我
白天黑夜
满脑子都是你的模样
曾经的往事，如电视剧
在眼前上演

阿梅，邮箱里
有你帮我们修改的稿子
相册里有你的倩影
北斗星诗社有你书写的墨迹
只是，你永远不再向我们打招呼
忆往昔
疼痛让心房碎裂

阿梅，呼唤你的名字
好想扑进你的胸怀
像孩子一样
撒娇
将我的脸
在你的脸上蹭蹭

拥抱，亲吻
多想再看看你灿烂的笑容
把你所有的神情
刻画在我的心底

阿梅，文学群朋友圈
悲伤四起
哀伤的空气弥漫了宁夏文坛
愿你写的"文学点亮心灯"
能照亮你通往天堂的路

单小花

致朋友

自从遇见你们
我无聊的日子已成过去
生活变得幸福

自从遇见你们
我的眼神更加深邃
微笑更加甜蜜

自从遇见你们
我的脚步变得轻盈
心情如此愉快

自从遇见你们
我的人生更亮丽
如雨露，如灯塔
温润了我的心田
照亮了我的人生
开启了我的灵魂

因为有你们
我的世界里
有了彩虹

你是我余生的念

夜色降下帷幕
思念从心头
蔓延到眉间

脑海里的身影
将思绪
放飞到遥远的曾经

相遇的一幕幕
如枝头的花
绽放

飞舞的柳絮
是我眷恋的语言

单小花

相思

很久以前
蓝天爱上了大海

彼此遥遥相望
却不能相见

云是大海写给蓝天的信
雨是蓝天对大海不变的情

山那边

山那边
奇花异草，潺潺流水，百鸟鸣唱
我要翻越到山那边，入梦
烦恼，疯狂，迷茫，红尘
让这刀锋剥离得干干净净

山那边
大海，沙滩，蓝天，白云，草原
我要翻越到山那边，望月
快乐，静怡，阳光，未来
让这刀锋削减得清清楚楚

我决定远行，带着日记
翻越那座山，写满诗句

单小花

173

乡愁

乡愁是父亲跟在牛后的那把犁
母亲犁沟撒籽的那双手

乡愁是母亲和风箱的弹奏曲
煤油灯下的千层鞋

乡愁是门前的老井
屋后的老树
是山上的盘盘路
山下那条弯弯的小河

无论我身处何方
乡愁永不褪色

等你

我伫立在窗前
等你
从星星眨眼等到月亮
升起
从春雨绵绵等到雪花
飘落

目光扫遍了来来往往的
行人
一直没有找到你的
背影
心堕落在冬天的冰河

夜色降下帷幕
灯光照遍了城市的角落
明亮的玻璃逐渐模糊
心伫立在昔日的笑声里
那甜蜜一直萦绕心头
你的一举一动
在我眼前浮现

只是

你的身影离我很远

霎时

一股思念涌上我的眉间

妈妈，我想您

邻居的妈妈又来了
母女间的甜蜜
戳疼了我的心
看着她们有说有笑
不由想起您的音容笑貌
往事历历在目
我却再也听不见您的唠叨

我想要的您总能设法满足
所有好吃的您都说不爱吃
直到结婚生子
我才明白
爱，莫过如此

长大后，我离开了家乡
您想儿的心
随着山路蜿蜒、蹒跚
忠实的拐杖扶着年迈的您
荒山野岭
被您的小脚踩出了小路

若有若无

夕阳西下
一条路通向天边
夜拉上了黑色的帷幕
脑海里你频频浮现
一个刻骨铭心的名字

一会儿清晰
一会儿模糊
一会儿近
一会儿远
只能呼喊你的名字
却不能触碰

北山的清晨

北山的清晨
晨雾缭绕
鸟儿鸣叫

万物沐浴在
晨雾里
露珠
如珍珠

读书的学生
跑步的男女
练太极拳的老者
各自陶醉

山林里
影影绰绰

又是一个秋

又见秋
秋风秋雨更见愁
人瘦落叶
风雨蚀骨
一片白霜在路头

低头
思索
多少失意事
瞬间化乌有

每当念着你
思绪汇成河
缓缓从心头淌过
将伤疤冲成沟壑

拂不去
你在长夜怔忡的
影子

小草

在海岸上畅快的孩子
在雪中温柔的女子
在草原上放歌的牧人
在茂密的林荫里婉转的百灵鸟

春天的温暖开了花
细雨闯进人的歌曲
小草默默地生长，与小雨做伴
可爱的露珠在绿叶上滚动

震惊的突然
无情的雷霆
怒吼的洪水
燥热的干旱

知了知了的秋蝉

张开慧，笔名"黛叶"，80 后，宁夏西吉人。中国诗歌学会会员、中华诗词学会会员、中国楹联学会会员、宁夏作协会员，现任西吉县诗联学会副会长。作品散见于《六盘山》《长江诗歌》《宁夏日报》等。有作品辑入《中国"文学之乡"丛书·诗歌卷》《文学固原丛书·诗歌卷》《文学固原丛书·西吉卷》《2015 年度中国城市文学优秀诗歌作品集》等。

天寒水湖岸旁的孤雁
深夜里照明的月亮
红叶纷纷飘落在地上

慢慢地进入土地
怀念可爱的绿色
静静地睡着
盼望绿色的春天

田野上有木梯

无边无际是蔚蓝的碧空
有万只绵羊或千亩棉花
天空下是无边无际绿色的梯田
装上了一条红色的拉链
难得直，难得弯
心里思量这般如此
难得放松，难得徘徊
抬起脚登上台阶
上一个台阶，再上一个台阶
像天桥一样的希望
更新的田园
荒草萋萋被风吹过的沉默
思念千年大旱灾难之情
明天比今天更新
新的虫在奏鸣
新的鸟在树间飞过
新的农村也在翻新

张开慧

雨

清晨潮湿开始

爱情的风吹破梦

脚步快一些或者慢一些

琴声敲醒模糊的雨伞

把衣角湿润小部分

把一根根发丝摇动

水珠落到回忆睡梦的皮肤上

水珠挂在白日梦的蜘蛛网

水珠打着渴望的叶子

低头时候的一刻钟

抬头时候的半小时

脑里像砂纸磨平了粗糙的木面

以前缄默，现在也缄默

两者同一

以前渴望，现在也渴望

两者不同

我眼前允许的灯光照射

窗外微光的星星闪烁

安静那么短暂

夜晚潮湿已经结束

春花的自然

我的心是花苞
每一天慢慢绽开
从低头慢慢到抬头
望着蔚蓝的天和行人
冷风带着雪吹来
覆盖后露出了美丽的花瓣
一种白色和另一种粉色
那么容易融化
多少颗露珠从花瓣上落下
开始慢慢地垂下
美丽的花瓣又掉落

我的心像凋谢的花蕊
回忆难解的几件事
什么时候解开特别的难题
在无意中希望答案是什么
另一种马上发芽的小叶
我在小时候没有明白
现在，明了
先花后叶的自然

张开慧

槐花与螳螂

雨锈红了旧楼铁栏杆

之间结了蜘蛛网，晶莹地亮了

树枝飘来花香

落地的残花

被行人来去地踩踏

染绿了画廊地板

浅绿的脚印更模糊

染绿了惊慌失措的螳螂翅膀

它飞入阴凉的画廊

然后飞出热闹的画廊

它像新鲜的叶子

藏到槐树上

街边槐树

中秋的一缕缕清风
吹落了一排排槐树的花
犹如潸然泪下的诗魂
藏匿于空气中
白蝴蝶向高处的白花飞舞
蜜蜂闻到芬芳馥郁
行人踩着它，流出来液体
染绿了路面

张开慧

城里所有的槐树看我从小长大
穿过三十几个春秋的隧道
带着几幅梦境的画面
走着，找着
找到了现实最奇迹的答案
做了好事或坏事
风风雨雨，岁岁月月
继续跟着它走向未来

月下有情的人

黄昏后有情的人
孤独的女人别这样的表情
抬头赏月欲乘风去
有情的人那么孤单
半夜照无眠
城里所有繁星般的灯光也照无眠
谁睡着
还有谁在赏不眠
我欲摘月
悬挂在天上
让它照耀
翻开梦境的书页
跨入大门夜里一游

新城的街道

上午的街道
太阳徐徐升起
轻风冷
槐树秃枝摇曳
行人寂寞
车里的人闭口不言
骑车的人心里平静
过马路的人视线扫过路面
旧街变为新街
喧嚣此起彼伏

晌午的街道
麻雀在树枝间飞来飞去
太阳晒得那么温暖
风吹得那么温柔
像小溪流一样冰凉

黄昏的街道
温暖慢慢缩小
太阳缓缓落下
光明缓缓消失

张开慧

189

秋雨

在雨中，槐花继续落下
绿水流着，映着绿树
绿色染了白鞋
一缕风吹进回忆中
雨不停地摇曳绿枝
一片绿叶却难得落下
追求秋天的美景
擦亮了忧愁的眼睛
也感化了郁闷的心
继续踩着羞涩的槐花
撑着雨伞

城市上的月亮

徘徊的脚步放慢一些
槐花向我头顶飘下来
眼前犹如小蝴蝶飞舞
秋风吹着一抹柔情
进入回忆中盘旋着
无辜的心总是没有爱恨
城里无数星星多彩而闪烁
突然熄灭一颗星
跟随我长大，显现或者隐藏
用笔蘸着黑色液体涂了远山
涂了高低群楼
涂了街上所有的影子
清湖映入朦胧月
陪伴城里的灯光过夜

张开慧

心

一瞬间没有安静的心
讨厌情绪波动的人

日夜没有安神的心
陪伴城里月亮眨眼睛发亮

每一个月没有空间的心
无能为力欢迎想念的人

排除收藏的一切
无用的一切无须留在心里

不需要爱和恨
心永远是一棵大树的根

立秋

微凉的秋风改变着树叶的颜色
秋从一片变色的叶子开始
槐花继续落着，染了街边
真是天上的梦境
月色朦胧悬挂夜空
呼唤记忆中的风吹去
楼影的星星发亮
人有情的是孤独
无情的是爱情结束
未读《易经》者辗转反侧
忘记《世说新语》者交头接耳
记得孔子者默契
夜深人静
不说，不虑，不寝
赏着窗外朦胧月
醉了

张开慧

黑暗中的一只蚊子

它飞进黑暗的房间
附近玻璃窗
外面微光的楼影下
排队的影子慢慢地消失
槐树叶黄了

它飞落在床头
躺在床上的小女儿告诉我
蚊子声音短暂
黑暗覆盖下来时候
想起一个月的数字

它逃脱了危险区
停在天花板需要梦境
我不愿意让它代替我做梦
我做它死亡的梦

我的生命

在村里
如绿烟的柳条
狼毒花的清香扑鼻
紫牵牛花摇曳
田地间云团般的羊羔羔
太阳光灿烂
雨润过土地的清香

我小小的生命
像土地里的新芽
不幸来得突然
疼痛在我头部
像砸罐子的那种声音
一时眩晕跌入黑暗里

再睁开眼时
不断地有白大褂来去
我的世界一片死寂

盼望自己是个生机勃勃的黛叶
在舞台上握着麦克风

为青山朗读

为溪湖唱歌

告别

我又一次要告别故乡了
去那熟悉而陌生的地方
看城市的楼群密密麻麻
接受四面来风
承受阳光沐浴
阳光明月不再重要
空调、电扇、白炽灯
生活中留下太多人为的痕迹

我心中徜徉着
老屋、母亲、土地、童年
还有扯不断的乡愁

这一别
我要把故乡装进心里
把纯洁的蓝天白云
装进行囊

李多勤

李多勤，60后，宁夏西吉人。固原市作协会员、西吉县作协会员。
作品散见于《六盘山》《固原日报》《北斗星诗社》等。有作品
辑入《中国"文学之乡"丛书·散文卷》。出版合集《就恋这把土》。

父亲

岁月的伤口

布满父亲脸上的皱纹里

花白的头发

染满两鬓

身穿有补丁的衣服

脚穿两只布鞋

雨天两腿沾满泥巴

在黄土地上扎根

汗水从脸上流下

滋润着与他相依为命的土地

为建造自己的家园

父亲每天披星戴月

面朝黄土背朝天

父亲的身子

曾被六月的骄阳

烤成一张弓

在田间地头

眼盯着地除去杂草

手摸着精壮的禾苗

匍匐前进

用企盼的目光
每天用手丈量着庄稼的高度
夏秋的果实
压弯了枝条
劳动的父亲
用衣袖擦去额头脸上的汗珠

麦子熟了
父亲直起腰
将割完的粮食
捆起来
父亲站在夕阳里
提起捆好的粮食
堆码成垛
这时父亲脸上露出幸福的微笑

回家的路上
父亲不知疲倦
大手拉着小手
偶尔站在树下
手遮阳光
遥望远方
等待归来的儿女

李多勤

母亲

母亲不识字
只好用双手创建家园
母亲未出过远门
只能在电视上看奇闻
母亲未坐过班车
每天看着
高速路上奔驰而过的车辆
弓腰拄拐走路的姿势
在我眼前掠过

庄稼在母亲的劳作中抽穗拔节
陈粮在仓库中贮藏多年
而母亲吃不上
她和庄稼相濡以沫

我们吮吸母亲的乳汁长大
成年后各奔天涯
有马行千里吃草
儿行千里母担忧的典故

春去秋来

风里来雨里去

庄稼熟了母亲瘦了

皱纹多了思念浓了

拐杖断了母亲走了

故乡的那条河

故乡的那条河
似葫芦的形状
它叫葫芦河
弯弯曲曲
流向远方
那里流淌着母亲的汗水

故乡还有一条河
它叫滥泥河
潺潺的流水声
是我童年的记忆
放学路过那条河
偶尔抓几条小蝌蚪
放在装水的瓶子里
看它摇摆的身影
那里流淌着儿时的欢乐

故乡的那条河
流淌着一股乡愁
这头在母亲的身边
那头牵着思乡的游子

小河里的故事很多
留在时光中回忆

李多勤

我思念的军营

热血青年
接到入伍通知书
从各自的故乡
奔向那沸腾的军营
回望家乡的小路
不知延伸了多长
渐渐变得模糊不清
消失在远方
留下剪不断的乡愁

四十二年前
我们同吃一锅饭
同住一张床
共同摸爬滚打
野山孤岭的猫耳洞里
留下夜晚的凄凉
野营拉练
留下负重前行的背影
训练场上
留下整齐的步伐
几年的短暂相聚

留下许多的思念
分别时泪眼汪汪
映着绵绵的情意
留下长久的思念

四十二年后的今天
我们各奔天涯
奋战在不同的岗位
沿着往日的足迹
重回军营
寻找昔日的战友

满载祝福的季节里
成立退役军人事务部
像黎明的火把
照亮老兵的内心世界

今天
我们不忘初心
踏着红色的足迹
缅怀先烈的英雄事迹
他们创造的历史奇迹
永载中国革命的史册
延安窑洞的灯火映红了天

李多勤

南泥湾开荒
将台堡的纪念碑上
有他们的丰功伟绩
需要我们用心传承

回眸

季节葬送了花草
留下偷生的根
等待春天的光临
它讲述琼浆玉液的故事
与山川大地分享
为生命的延续演讲
回眸四季
无限循环

夏天的美景
青山绿水
辛勤劳作的人们
播下希望的种子
等待成熟的收获

秋天到了
满山的红叶
随风飘舞
乡村的美景惹人陶醉
金黄的稻谷随风摇摆
丰收的景象召唤着人们

李多勤

去收割吧

冰冷的冬季
满天飞舞的雪花
覆盖了山川大地
路过的行人
留下脚印一串串
有的深来有的浅
有的直来有的弯
人生就是这么难
只有白里透红的梅花
含笑原野

难忘军中情

那夜我们巡逻在华山脚下
华阴农场渭河支渠的岸边
巡逻回来后在渠边稍作休息
有位战士带了小收音机
听着听着，突然收音机里
传来振奋人心的消息
台湾航空飞行员
黄执诚驾机飞回祖国

正当我们班的战士高呼时
前方离我们三米处
有险情发生
水淹过堤面
决口而泄
淹没了下游的农田和村庄
看到携儿带女
拉着老人撤离的场景
让人痛心难忍

班长将险情报告连部
夜已深

李多勤

第二天天未亮

全红三连的干部战士

奔赴抗洪第一线

用几千个麻袋

背土补渠

三天两夜

完成任务

受到上级嘉奖

秋后的山洪暴发

大片农场无法播种

战友们蹚着齐腰深的水

背着小麦人工撒种

将士的付出谁能理解

大雁

一只落伍的大雁
凄凉地叫着
用力向前飞去
看着下面无边的丛林
那里是它的栖身之地

它继续叫着飞行
唤起同伴的注意
大雁的目光
依然环顾四周
寻找同伴的下落

夜幕降临
周围的一切变得沉重
大雁有些慌了
不时地发出鸣叫
终于飞不动了
它掉进丛林中
无力地扇动翅膀
双眼盯着远方

李多勤

清晨的天空
同样的雁声响起
凄凉的叫声
在寻找丢失的同伴
然而它再也飞不起来了
永远地离开了这个世界

路

儿时的路
无忧无愁
快乐的童年生活
河沟里留下捏泥娃娃的微笑
道路上留下光屁股追逐的快乐

青年的路
崎岖不平的山路
察觉到生活的天经地义
在学校留下人生的探讨
家门前留下跳房子的空格

李多勤

中年的路
游历的过程
尝遍人生的艰辛
挑起生活的重担
为家操尽了心

老年的路
在晚霞的余晖里
品尝着老年的孤独

道路上留下弓腰驼背的身影

医院里留下了病历

走完人生路才是归宿

乡愁

是母亲手中的针线
一头缝补在儿身上
一头攥在母亲手里
绕不开也拉不断

是母亲做的浆水面
胡麻油，葱花叶
浓香的面
美味中满足食欲

李多勤

是守望在村口的老母亲
手遮阳光
遥望远方
等待归来的游子
泪眼婆娑中全是儿女的身影

每当节日来临
最忙碌的是母亲
归途游子带着思念
离家越近乡愁越浓

你又要走了

又要走了

过完年你收拾好行李

跟着孩子去省城

又要去带孙子了

剪不断的乡愁总是缠绕着你

走出家门是天涯

离开故乡添乡愁

离家时你恋恋不舍

嘴里总念叨着什么没有收拾

一年又一年的离别

留下长久的思念

一年又一年的泪水

留下无尽的心酸

回家时不知做了多少次梦

你天天对着日历发愁

每天掐着指头算日子

心里默念着

还有几天就回家了

将厚厚的日历撕成薄薄的一页

终于踏上了归家的旅途

思念

莫名其妙的感觉
忽然闪出的思念
硬是挤占心头
落在纸上
只是短短的几句

太多的思念
无法对别人诉说
唯恐放不下远方
难舍的故乡

思念变成了失眠
只有在夜深人静时
对着窗外的月光发呆
听着蝉鸣

思念成了现实
走进了繁华的都市
与陌生人相遇
只是擦肩而过

李多勤

思念成了计算归期的日历
节日越近思乡情越浓
离家一步是天涯
何日才能回故乡

沉默时刻

人生能有几多沉默
我无法奉告朋友
而你我久久地沉默着
相见无语而立
留下缠绵的思念

我真想赞美你靓丽
你却不让我对别人说
只问风是怎样吹的
雨是怎样下的
树叶是怎样飘落的
雪花是怎样飞扬的

此时繁华的林荫道旁
一对情侣依偎而过
羞得你面颊绯红
久久地我们沉默着
相视无语

我轻轻地吻了你的秀发
你那深情的眼睛似海洋

李多勤

告诉我别这样

此时只有微微的风吹过

细细的雨丝飞扬

树叶的飘落声

如你的声声嘱托

等夜来临时你再吻我

别了，广州

黄土地的孩子
扑向你的怀抱
七月的你
风柔、雨细、景秀

塔下的商旅
对好客的你轻描淡画
珠江、两岸、高塔
一片繁华

花都湖上的星辰
知趣、闲雅
在它的映衬下
你星火相对、人景独佳

天空下
灯火里
湖畔的游子在思索

李彦利

李彦利，80后，宁夏西吉人。中国诗歌学会会员、中华诗词学会会员。作品散见于《中华楹联报》《葫芦河》等。

衣锦还是客死

别了，广州
我将高原勒马
草原驰骋

别了，广州
祝你豪迈依旧
装容锦绣

别了，广州
带上你的温柔
留下我的赤诚

岳麓书院

谁能把千年装进肚里
唯有你
你那伟岸的身体
连同这周围的绿
才是真正的净地

每当走近你
每一步
每一言
我都小心翼翼
生怕会弄疼你

李彦利

每当拿起书
生怕有一双手伤害你
把你占为己有
损毁你的躯体

当我看到撕书的人
仿佛看到了暴徒
看到了恐怖主义
这圣地

容不下肮脏的身体

这圣洁的土地
离别的人
用注视的目光
像给千年的皇帝
行大礼

一声姑娘

披着霞光
把风装进兜里
踩着白杨树的影子
在金胡杨
捡一路金黄

还要躺在七仙女怀里
把我的花裙给她们穿上
细问千年的核桃
有多大，有多香

风吹进花丛里
吹醒了枝，吹醒了叶
终于吹醒了迷路的蝴蝶
落在我肩上
身后，一股清香
一声姑娘

李彦利

二月河，走了

二月河，走了
留下清朝的几位皇帝
或许，这人世间
再没有他留恋的东西
除了对文学的热爱
和那些热爱文学的孩子

二月河，走了
像一座丰碑
带着他对母亲河的爱
连同他的灵魂融为一体

此刻，我只想
给这只凝固了的笔
加满墨水
等待后人执起

九天之上
只愿他与康熙
笑看新时代的中国
龙啸九州
虎跃万里

灵魂之爱

为你而生
随冬而来
天地间飞舞
满世界都是我的白
把你包围

枝头相会
赏心吐蕊
为你而开
你掌心的泪
银光闪闪
那是我的灵魂之爱

李彦利

227

如果三十岁还未成家

如果三十岁还未成家

这是一个新的高度

这是一个积淀了

人生阅历的分水岭

人生的巨浪

将你推向前

你不再被风吹浪打步步紧逼

你不再是海里的那一滴水

而是浪尖上的那一朵花

不再被洪流拍打

而是被洪流托起

飞跃于天空的

那一滴艳丽的水花

如果三十岁还未成家

困惑与悲伤已成为过去

迷茫与彷徨已被你透视得清晰

人生的失落与不如意

已欣然落幕

所有的离情与悲歌

不再伤劳你的身体

岁月的光华

已将你的生命重启

在茫茫人海中

面对处处悲歌与滚滚洪流

不再是它推着你

而是你领着它

向更广阔的天地奔去

如果三十岁还未成家

说明你的人生充满诗意

你要相信

你在这个地方失去的

往往会在另一个地方给你

这是大自然的规律

和人生的真谛

如果三十岁还未成家

你要相信

你的人生注定光华

未来

你的墓碑上

定会多出几个字

李彦利

一封偏离航向的书信

这封信
不知去了哪里
一开始
像个喝醉酒的莽汉
跌跌撞撞

先是在漂流瓶里
被扔进大海
便没了消息

接着被装进信封
扔进邮局
便没了音讯

后来被夹在一本书里
书虽然被珍存
但不知它去了哪里

或许
它在一个微信群里
或者

在一个朋友圈里

又或许
它在荒漠的一处草丛里
或者在
一个阴冷的角落里

但愿它已漂洋过海
在一个幸福的港湾里
不是在垃圾桶里
或者被人焚弃

李彦利

爱你

爱你
在早晚的饭菜里
爱你
在夕阳下的月光里
爱你
在岁月的故事里
爱你
在世界的每个角落

想念他乡的你

夕阳西下
夜幕降临
沏一壶茉莉花茶
打开窗帘
对着月光
将目光汇聚
此时此刻
还有那边的你

茶香沁鼻
将思念寄去
一杯会月
一杯同饮
一杯念你
在这天地之间
想念他乡的你

李彦利

相见不如怀念

你像春天的桃花
三月的细雨
滋润着大地

你淡淡地一笑
温柔典雅
能把春风唤醒

我感受这风的气息
带着泥土的清香
和丝丝的凉意

就像你身上的味道
不远万里
弥漫在空气里

只要我张开双臂
吸一口气
就能把你拥在怀里

人生，若可以重来

时间走得太快
来不及提防
转眼间
成了父母
成了老头
成了墓碑里的人

人生若真的悲伤
一定是寂寞已成荒
人生若真的沮丧
一定是孤独在流浪

李彦利

人生，若可以重来
我选择孤独
因为孤独者
拥有世界的声浪

人生，若可以重来
我选择寂寞
因为寂寞
是成功者的方向

人生，若可以重来
我依旧希望
活成
现在的模样

心电图的方向

夜，特别安静
灯像个失魂的人
挂在天花板上
空气中，药液的味道
四处飘散

病床上
插管养活着一个病人
一瓶药液吊着他的灵魂
百岁老人
眼里含着泪光

李彦利

此刻，痛已迷失方向
悲伤已开始迷茫
世间的一切
已葬在时间的海洋
心电图的方向指向天堂

237

我要走近你

我要走近你
从《诗经》《楚辞》
再到唐诗宋词
你古老的诗史
书写了中华民族的传奇

我要走近你
在爱的海洋里
吟唱祖国的锦绣山河
和广袤的土地

我要走近你
走进你心里
与诗人们一起
在诗歌的血液里
感受你的魅力

这把土

这把土
诉说着千年的往事
记录着岁月的足迹
攥在手心里
阴冷与灼热的温度
沸腾在血液里

这把土
有的人把它举起
高过头顶
有的人把它踩在脚下
当作路基
而我
要把它放在杯里

这把土与天同岁
与地同宗
历经沧海桑田
阅人无数
我要把它葬在肺里
当作茗来品

李彦利

我与你

天地之间
江河之上
我与你
早已没有距离
包括风的喘息
雨的哭泣
我都听得很清晰
每一天
都是和你在一起

不是在梦里，或是
漂洋过海来看你
而是在心里
从未分离

无论你在天空
还是陆地
无论你在国外
还是内地
都走不出我心里

如果你是天
我就是地
如果你是风
我就是雨
如果你是诗人
我就是笔

李彦利

过往

过往是云烟
风情万种
姹紫嫣红
是那影碟般的
一幕幕

过往是一杯好酒
酸甜爽劲
苦辣可口
是那红尘的
一时喜
一时忧

过往
是翻过去的一页纸
不能写
只可观

过往
是生命中的一段曲
曲未了
仍可谈

人间有真爱

在没有光的世界
我把心变做灯盏
在没有声音的天地
我用呼吸感知冷暖

虽说残缺不全
但我的追求不停歇
虽说前进艰难
但艰难是我的路标

我从不气馁
更不会哭泣
因为人间有真爱

我看不见鲜花
但花儿的芬芳驾着轻风
总在我们窗前飘过
虽说听不到歌声
但歌声的翅膀充满慈悲

赵　玲

赵玲，70 后，宁夏西吉人。固原市作协会员、西吉县诗词楹联学会会员、春花文学社会员。作品散见于《六盘山》等。

时时在我们耳边扑扇

我不会悲伤
更不会抱怨
因为人间有真爱

心中的碌碡

你是人间灵物
吸取了日月之精华
天地之灵气
在勤劳的农民的带领下
你碾压过四季
碾压过草籽与沙砾

你旋转的身躯碾走了太阳
转来了月亮
碾圆了丰收的梦想
一圈圈地轮转
转圆了一年又一年

赵 玲

致铁锨、镢头

爷爷握一把铁锨

把你的尖头磨平了

把你的身体磨细了

你把爷爷磨瘦了

爷爷把你磨亮了

你把爷爷磨黑了

把爷爷磨成了弓

父亲握着一把镢头

跟着爷爷拓荒

把陡峭的山坡挖成一片绿

在光阴的缝隙里

把金灿灿的洋芋

装进你深挖的土窖里

连同秋冬

等待春暖花开

小时候

我用磨小的铁锨铲拾牛粪

煨热了土炕

用磨短的镢头挖来树根

把寒冬的日子
烧得温暖如春

石磨盘

二十多年前
我的双眼被上苍
蒙上一层厚厚的黑纱
曾经
我和毛驴一样
围着石磨盘
转了一圈又一圈

今天的我
把按摩床当成石磨盘
我用尚健全的单臂
撑起家的太阳
尽管分不清白天黑夜
陪同康复的人
站在阴阳分明的石磨盘前
津津有味地欢笑

手的赞歌

按悠悠，摩悠悠
青春的年华指尖上流
振悠悠，颤悠悠
快乐的时光手掌中揉

故乡的雨，洗涤了心中无尽的愁
他乡的风，吹走了红尘难解的忧

推悠悠，拿悠悠
失明的双眼与心灵交流
弹悠悠，拨悠悠
温暖的双手让健康长久

亲人的爱，打开我心灵的窗户
恩师的情，确定我生活的追求

赵 玲

玉兰花的春天

我的春天
和春天的我一样美丽
我踩着柔柔的春风
闻着三月的花香
聆听着鸟语
我拥抱着绿色
像拥抱着一个个圣洁的文字
我的春天来了
因为
我拥有了以文字为乐的梦
因为
我拥有了触及我心灵的一方世界

我的春天
飘散着玉兰花的香味

拧车

揽下一堆私活
接着母亲捋顺的头绪
咯吱、咯吱的老调
揣摩母亲的心事

担起拉千层底的使命
在一堆乱麻中抽丝剥茧
小巧玲珑的身子
在母亲手里翻腾

细长均匀的麻绳
合成小把把
凝聚生活
缚住记忆

伏润军

伏润军，网名"伏君"，70后，宁夏西吉人。中华诗词学会会员、宁夏作协会员、宁夏民间文艺家协会会员、银川市诗词学会会员、固原市作协会员、固原市民间文艺家协会会员、西吉县诗词和春官词学会会员、西夏诗词学会会员。作品散见于《中华楹联报》《黄河文学》《六盘山》《葫芦河》等。

斧头

锋利的斧刃
按捺不住沉默的心
青光闪闪
劈碎一地难题
砍断的木柴
磨净铁锈的斑痕
光亮的铁骨透着刚烈

一筐筐，一簇簇
在火炉中，在灶膛里
敞开心扉
叙述激情燃烧的岁月

梯子

在人生路上
深一脚，浅一脚

梦想在高处
希望
在无言中寻求

梯子
扛起沉重
用自己的高度
扶起
每一位向上的人

伏润军

253

独特的线辣椒

闲置的花盆
不甘被遗弃的样子
拣一枝春花
在盆里扎根

阳光下
万物生灵
虽然不在广阔的田野
绝不屈于窘境
没有肥沃的土壤
依然青翠拔节

秋天
一如既往地坚守盆景
一身坚毅尽染秋色
穰穰果实
红了十月，火了日子

桃花缘

四月的风
舒展情怀
轻轻抚着杨柳的腰身
亲吻梨花羞涩的笑靥

一身柔情
忘记昨日的誓言
夜幕下的相思
又对谁敞开心扉

挽着月色
踩着满地桃红
轻轻捧起飘零的那朵
盈盈露滴
莫非是
痴情的眼泪

伏润军

255

故乡的那条河

岁月干枯了河水
却泛着记忆的浪花

绿油油的河畔
是牛羊的乐园
地丁花轻柔的舞姿
是河边生动的风景
放牛郎的歌喉
燃烧了整个河塘

潺潺流水
和着姑娘们的笑声
溅起层层浪花
一幅幅画面
永驻我心

而今，母亲河
伤痕累累
一河蒿草
一河沉寂

雪中寻梦

抓一把积雪
学着儿时的样子
攥成印有五指的冰棒

舌头轻轻舔一下
融化的冰水
缺少泥土的味道
童年的快乐
在犹新的记忆里凝固

一股清凉
撩拨在心底
童年的梦轻而甜蜜

伏润军

秋景

清风十月
大地丰富多彩
明媚的阳光
染了秋菊，红了枫叶
比起春天的五彩缤纷
更显成熟

成片稻田
经不住庄稼汉的一腔子热情
伴着收割机的轰鸣
豁开一地黄金甲
一脸笑容，一茬庄稼

银霜在暮秋里打坐
秋蝉无心倾听草虫的私语
在不倦的叫声里
寻求归处

故乡的端午节

天蒙蒙亮
布谷鸟就放开嗓子
清脆悦耳的鸣叫
惊醒了熟睡的村庄

妈妈手里的七彩花线绳
牵回我的梦游
绑上孩子的快乐
拴住一家人的平安

勤劳的爸爸已在门边插上柳条
绿意盈盈，门户生香

花荷包戴在小姑娘的胸前
彩色的丝线随风荡漾
花锅盔、甜醅子、凉粉烘托节日的氛围

拿上自家的好吃头
去探望亲人
互相品尝各自的手艺
倾诉衷肠

伏润军

259

生活中的喜怒哀乐一吐为快

温和的阳光，青翠的杨柳，飘香的艾草
合成浓浓的乡情
沉醉在故乡的端午节

年画

千千结
挂满大街小巷
却找不见儿时的年画

一张张穆桂英挂帅
花木兰从军
随着报纸贴上墙
烟熏陈旧的小屋
顿时充满新年的温馨

穆桂英手持梨花枪
帅旗漫卷长空
英姿勃发
花木兰替父从军
旗开得胜
保家卫国的英雄气概
征服了我幼小的心灵

伏润军

我就像蓝天上的一只大雁
翱翔在画的一角
盯着这些年画

常常被妈妈的喊声打断我的遐想

直到今天
过年时
便想到
儿时的一张张年画

初雪

一定是昨夜太贪杯
倾了月光，醉了一地霜

清晨，星星撞了朝阳
踉踉跄跄，微微凉

白云栖迟山冈，烟絮茫茫
那裸露在丛林间的是谁家的羔羊

转瞬迷茫，纯洁一如初恋
仿佛梦一场

王虎强

王虎强，笔名"云波"，80 后，宁夏西吉人。中华诗词学会会员、中国诗歌学会会员，现任宁夏民协联谜专委会秘书长、西吉县诗联学会秘书长。作品散见于《诗刊》《中华诗词》《中华辞赋》《中华散曲》《中国当代散曲》《诗词月刊》《零度诗刊》《中华楹联报》等。

母亲，我想为您拍张照

那一年秋，红占了上风
黑白褪尽，由北向南

草木低俯，蛇鼠逃匿
群山站了起来，挺胸昂首

看，雁阵横空，铁甲生风
一声湘音震荡人心

也惊醒了我的神思
母亲还在讲着画像的故事

选个什么角度呢，这景深
已不止，那初帧的，四万万像素

断章

所有的风，都有重量
西北风更猛烈一些

黄土
在女娲手里变成人
在人手里变成诗

把唐诗磨成剑
宋词搓成笛
就着马致远的曲
饮一壶夕阳

我不轻易写诗
把骨头拿出来晒
只是为了，沥干水分

王虎强

留守

日头在山坳滚落，追赶
一场迁徙

转角锋利
割开，两个世界

枯木飘摇，青禾待哺
沙尘暴揭竿而起

山上有泽，咸

历经多少苦难和思念
姮娥的泪，冲下了月亮山，流成了川
从此，一曲长离歌，诉说天河倾注

女娲一定是用了这里的黄土，这里的水
这里的人，写出的文字
透着苦和咸

伏羲继而演了八卦，象曰
山上有泽，咸。君子以虚受人
然后丢下一个葫芦，去了天水三阳川

逾陇山，过瓦亭故关
拐了几道弯。北魏郦道元《水经注》
途经七峡八川

王虎强

267

镜像

多美的三七分
他用左手把刘海梳向右边
然后，嘴角上扬，潇洒地吹了吹发梢

说出这句话的时候
我动用了左脑，他动用了右脑

记梦

这是一种怎样的体验
红色漫染天地

暮霭沉沉，昀兮杳杳
岩石裸露着，踩上去如橡木一般

我走上高坡，这近乎垂立的坡
离天三尺三

放声大喊，天空亦如是
黑洞旋开。再挥挥手，便风起云涌

王虎强

卷尺

你可以丈量世间的正直，也可以
弯成人心的弧度，或许
能屈能伸，才是该有的态度

光阴

那一角的秋黄，尚未看清
日头便已隐藏
虫鸣凄凉

灰白色的集装箱，一摞又一摞
不断拔高，里面
有人没有烟

贺兰山，被压得低一些
再低一些，然后
摁进黑夜

而我，爱莫能助，任黑色湮没
仅剩的薪火
四顾茫茫

王虎强

野猫

从此你与黑鸦结了盟
说出的都是辩解
绕不过的弯
洗不白的黑

自以为歌喉美丽
那是夜的寂静与包容
没有欢呼声的沉默，即使
几声喝彩，也只是蛤蟆的附和

像极了孤坟前的哭泣
勾心摄魄
仿佛要道尽前世今生

日食

一定是良心犯了错
才被天狗吃掉

那些依赖的
败柳残花
惊慌，抱团，祈盼

时间是慢性药
但药效诡异的好

日出一刻
辩解与安慰同行

果然炽烈的语言
迷人如炫目的火花
勾引着飞蛾
以身相许

王虎强

273

道

天已大亮，半轮黄月
仍在苟延残喘

昨夜几只乌鸦
慌乱，狂喧，假装群欢
一半未眠
一半长眠

隔壁老王心太软
丢出半块羊膻

修行的长者
一声长叹
去！别污了本仙

怀念家乡

我怀念北方的山冈
光秃秃的坡上
几只老羝羊
撞击出山沟的空旷
还有小溪的修长

一场风一刮就是一年
春天卷着沙
夏夜敲着鼓
秋天摇摆着树叶
冬晨就把鼻涕冻成了凌花

我还是离开了它
那时年少正轻狂
我不愿被贫瘠的山丘压弯脊梁
不愿被凛冽的尘风吹干灵魂
不愿葫芦河的梦
忽然流断

可是，我深爱着这块土地
爱着你的辽阔深沉

你很少出现在我的诗词

因为那是我不敢触摸的神经

夜雨敲窗

一声惊雷
静夜，不再宁静
只因一场雨的邂逅

雨声撩人
遐想无尽，心跳的节奏
想那烟雨如纱拂过青山绿水
想那温润雨珠渗透泥土新枝

聆听夜雨敲窗
这是春天最美的旋律
是情景交融的呢喃

把这沥沥春酥，过得莺歌燕舞
把这涓涓流水，唱响千家万户
把这柔柔春雨，活成参天大树

王艺茹

王艺茹，60后，宁夏西吉人。宁夏楹联学会会员。作品散见于《中华诗词》等。

又一个春天相伴

春风带着期许姗姗来迟
尘土把天渲染
田间地头三三两两的人和机器开始劳作

鸟儿尽情歌唱
燕子还会迟到吗
因为思念
红肥绿瘦推迟到来的期限

村头的那棵老树
顶得住风雨挡得住严寒

期待把希望播种
把所有心思写满脚下花草
山峦河水相映成欢
迟来的祝福
余生都是你的全部

感恩母亲

母亲是刻在岁月里的阳光
温暖了我的人生
回首往事
被那沧桑粉妆过的背影
时时提醒
你是世界上最无私的人

我只想在你的晚年多陪你一天
因为你是我头顶一片天
是我避风遮雨的港湾
是我心中神圣的菩提
是我的天堂
是爱的延伸，精神的依靠

晚年，我愿是一束光
温暖你
陪伴你

王艺茹

279

记住远方的那抹绿

想给你拍张照
雪花飘零落叶纷纷
想给你写封信
纵使千言万语
肥红的秋
早早迎来冬日的银光
一场没有预约的雪

晨曦里
银条挂满一树
花瓣、红叶和雪
还有深秋里的一抹绿
把这个世界
点缀得五彩斑斓
虽然经不起阳光的考验
这一瞬
的确太美太壮观

记住远方的那抹绿
经风雨也能在秋末
尽染苍穹

在黄昏独行

夕阳给山着了淡彩
炊烟起暗香浮动
一条小径
把田园东西平分
只是左边私语右边顺风
禾苗葱茏露珠晶莹
仿佛一抹浅笑

铺平的光
薄薄笼罩在沙枣树上
坠入林中
鸟匆匆，路匆匆
羊群也匆匆

王艺茹

雪

冬终于孕育成熟
飘落的花絮漫天飞舞
那是给予大地的回赠

晶莹剔透的六瓣花
给沧海裹上银装
给村庄穿上厚厚的衣裳

走进你的素白
听着咯吱咯吱声
孩童堆起一个个雪人
梅花镶嵌在颈
落叶串成裙
路人也成了景中景

返乡

载一冬日月
装三季风尘
去一趟
梦中也能笑醒的地方

没变的是山与山的距离
不弃的是门前的小溪

二十多年的重逢
闭上眼睛和睁开眼睛一样
猜不出你的心境
爱与被爱
距离的天平
季节的更替
开始失衡
看见被尘埃裹足的村落
游子泪如泉涌

王艺茹

283

春天是首诗

风轻轻掠过彼岸

惊扰了一缕缕炊烟

柳条上的青蕾

沐浴着春风

点破寂寞

翠鸟立于它的肩上

我站在一个节气的开始之处

春分，拉开了阳刚之气的帷幕

我听到荒野的声音

低沉犹如雷鸣

脑海里搜索着冬日梅香

以及与我朝夕缠绵的诗篇

与这个冬天一同埋葬

然而就是这个春天

一个依然清冷的早晨

我开始遗忘昨天

苏醒了的荒野

一树桃花的媚眼

宁静却又峥嵘

暮色中的村庄

暮色中炊烟笼罩了村庄
一切显得格外平淡
平淡得只有孩子的笑声和几声犬吠

一位老人
佝偻着身子使劲向炕洞里捣柴火
泪和鼻涕掺和
远在他乡的游子心里明白
唯有环绕村庄的山峰
恩泽了这里的家家户户

草瘦了树瘦了
掩饰的不是凄凉
而是冬天暮色的光景

皑皑白雪是洁白的礼赞
更是瑞雪兆丰年的好运

暮色中这里很简单
简单得只有来过才会留恋

王艺茹

善

在不经意间
一个念想
一次举动

没有年轮
没有界限
没有你我之分
只是把最纯情的一面
给予别人

善是一盏明灯
照亮一切可以照亮的人
像母亲的爱
滋润一切需要滋润的人
像父亲的肩膀
担当一切可以担当的事

善是一束暖阳
晨间的一碗稀粥
温暖了一个急需温暖的人

六月是个收获的季节

炎阳
醉了河西走廊的床
红透了六月的心房
麦浪
在炙热的微风里倒海翻江
油菜花泛着金波
染黄了河床的霓裳
奏响了一曲丰收的歌

那一段段旧长城
把雄伟伸向远方
大地呈上的果实
在光阴的刃口上
低下沉甸甸的头

忙碌的乡亲
似乎和城市一样喧哗
热情，浑身充满力量
在热腾腾的黄土地上
收获播种
播种了再收获

王艺茹

287

秋的吟诵

铺开一张秋的素笺
用笔画一艘船
将红叶串成帆
折枝为桨
用我的烫发摆浪

我将所有心思装满船舱
因爱吟诗一首

别在秋殇里惆怅
春天里所有的梦
夏日火辣辣的情
哪个不期盼秋波里的香醇

别在秋雨里踌躇
落花有意流水无情
用我的帆船带你
去一个飘雪的港湾

枫叶红了

枫叶红了
捎来几分寒意
一切显得格外静谧
瘦了一地的小草

枫叶红了
一帘幽梦映入晚霞
美了夕阳
那无尽的遐思
多了几分成熟和韵华
红与黄，绿与蓝
黑与白的色彩
此起彼伏
在风里荡漾

王艺茹

九月的思绪

思念已久的季节
悄悄走进我的心里
九月的灵魂
渗透在我的骨髓里
这里
也是母亲的爱河

九月
我多想将你
装订在时光的香笺里
镌刻在我不老的心底

九月
我多想
在每一个如水的夜
相守这醉人的菊韵
和风一起划过夜的沉寂

桃花红了

故乡的红洼梁上
春风吹醒了桃林
一股氤氲的花香
醉了我
忘了季节
酥软了腿
挪不动脚步
那颗漂泊的心
被故乡的桃花牵扯

马万东，70 后，宁夏西吉人。作品散见于《昌平文学》《湖北文学》《六盘山》《葫芦河》等。

马万东

期盼雨季

干旱了一冬的西海固
面容憔悴
干涩的风扯乱西海固的发髻
脸上一条条皴裂的口子
藏着血的隐语
西海固的初春
没有诗人笔下的绿意
羊群漫步古道惊起尘土
给西海固人的心头蒙上一层厚重
西海固的黄土地、树木、枯草
还有人渴望着雨季

写给天堂阿妈的一首诗

仰望流泪的夜空
无法觅见属于阿妈的那颗星
淅沥愁结的清明雨
丝丝缠绕着冗长的记忆

阿妈走了
阿妈的容颜留在老屋的相框中
平静安详
一曲曲清脆的口弦
时常在异乡孤独的夜晚响起

梦之魂
嵌着阿妈细碎的脚步
伴着抚摸额头手掌的温柔

流浪的脚步不能走近您的坟头添土烧纸
只能在淋漓的雨夜寄几缕思念
漫漫天国路阿妈您走好

马万东

293

山路

从沟壑到山巅
一条条山路是风中飘摇的白丝带
蜿蜒曲折匍匐而行
祖辈磨破了无数双草鞋、麻鞋、布鞋
在山川沟壑中走出一条条路
挑一捆捆庄稼
背一粒粒希望
山路死去又复活
硬化路唱着与时俱进的歌

西海固的女人

西海固的女人
头发里蓄满山风
脸颊上刻着岁月的沧桑
耳畔萦绕着"阿哥的肉肉"
西海固的女人在清晨挑水的路上
摇晃溢出木桶的山泉水打湿心事
鞋袜惊碎露水的梦
撕裂风织的网
在山坡上打理庄稼
羊鞭赶着夕阳回西山
回家的脚与夜幕赛跑
夜晚用针线缝补光阴
日子好了
你们却尝不到幸福的味道

马万东

295

老屋

黄土墙上的檩花
早已脱落
我用手摸着黄土墙
如同摸到父亲突兀的肋骨
父亲的影子早就筑进了墙

满院的荒草高过了我
我拔掉枯草
一股悲凉的酸楚决堤了我的泪腺
屋顶上的杂草
颤抖着身子像是无法承受满院的潦草

灶台上的尘土掩盖昔日干净的面孔
我想寻找娘双手留下的温度
娘用过的器皿
在我抬头望向屋顶时
模糊了双眼

黄土高原

黄土高原上的风
在短暂的绿里住了一会儿
开始迁移
吹黄庄稼
吼弯父亲的腰

黄土高原上的风
吹白父亲的黑发
把多少人吹得背井离乡
却吹不断乡愁的根

马万东

目光越过阴洼

目光越过山和树

掠过几间土房子

小河驮着不能停留的眼睛

向北流去

树、草还有大地和麻雀一个颜色

几片雪偶尔敷衍一下季节

村子穿上虫蛀的羊皮

狗叫得简单

炊烟是一幅简笔画

证明这个村子还活着

是谁用整个秋天喂养我

谁又把辽阔的寂寞留给你

三尺盐渍留给远方的漂泊

那么多客死异乡

到头来留给你的只是一片片落叶

你依旧在春天醒来冬天睡去

谁的离开令你悲伤

谁的归来让你欣喜

你依旧用老物件装饰着我的梦

炸山嘴之恋

名为炸山嘴的山坡上

农业社烧生灰的沟像一道长伤疤

尽管冰草、蒿子、芨芨草几十年生生不息

喂养得小麦饱满

豆花芬芳

黑云从扫帚林启程

罪孽的冰雹一次次砸向庄稼

五月的饱满一次又一次干瘪

堕胎的豆荚失去丰收的喜悦

山顶流着血

用疼痛阻拦黑云

保一季风调雨顺

炸山嘴现在是寂静的

村落是寂静的

土地是寂静的

马万东

299

村庄的小河是一滴泪

立春到夏至
来自西北的风呜咽着
谁懂得一粒胡麻、一把谷子在烫土里的忧伤
谁又懂得一棵栽下又死去的树苗的心事
父亲用锄头把一坡日光埋进土里

我听见西海固梯田里铧犁的哭泣
村前的小河瘦成一滴泪
流成了汗水

起风了

一池水的沉默
一树叶子的无语
风很安静
我不敢轻易将卑微者的言辞打开
我紧闭柴门
关上篱笆圈养乡愁
起风了
想留住的风
偷偷翻过瘦小的篱笆墙
又粉了一坡洋芋花

马万东

石头

池塘水荡漾着月亮

石头蹲在池塘边

盖着青苔的被

像坐在田埂上吸烟的父亲

母亲走后，父亲在田埂上坐得更久了

安静地眺望远方

就像这石头

父亲从未将自己打开

藤萝

站在高架桥下

以仰望的姿态凝视藤萝

身体紧贴冰凉

举着叶，撑着花

用一生的坚强爬向生命的制高点

目光顺藤而下

一根根贴着桥柱的藤条艰难地蜿蜒向上

皮肤粗得让人心疼

目光掉在藤根上摔得好疼

除了石头还是石头

马万东

303

沙漠中的玉米

稀疏的玉米苗在雨中摇摆

沙漠中的生命无法选择出身

在贫穷的世间孤零零地挣扎

春过，夏去，秋至

努力过的根须再也无力深究地下的秘密

青春与汗水早被饥饿的黄沙吸干

枝干凸起几根青筋

迟到的雨，再也浇不活春天

我看见你枯萎的双目挤出清泪

向这尘世告别

父亲

父亲是弯弯的锄
在我心田
经年累月
铲除着荒草

父亲是弯弯的耙
在我心田
不分昼夜
破碎着板结

父亲是弯弯的犁
在我心田
一生一世
耕种着岁月

朱庆毅，70 后，宁夏西吉人。作品散见于《松花湖》《大视野》《葫芦河》《六盘山》《固原日报》《黄河文学》《宁夏文艺家》《北斗星文学》等。有作品入选《中国"文学之乡"丛书》《爱我西吉丛书（诗歌卷）》。出版合集《就恋这把土》。

朱庆毅

父亲的拐杖

父亲使用的拐杖很多
是耙是锄是犁
是一切古老的农具

父亲有根最好的拐杖
这根拐杖有个特殊功能
能抚慰父亲心灵的伤痛
这根拐杖就是我

饱经风霜的父亲
拄着我这根特殊的拐杖
走着他辛酸的人生历程

伤痛

不想再写诗
因为心里的寒意
无法消融

半生的善良纯真
换来屈辱的伤痛

每当深夜
我分明听到
心碎的声音
敲打着灵魂

我的娘坐在乡下
用泪当线
缝合着
我受伤的心灵

这个世上
还有谁
来敲我的门

朱庆毅

点燃一支烟

把所有的念想

化为灰烬

选个好日子出嫁

寒冬腊月
山里的花
开成了旺季

纯情的女子
选个好日子
出嫁

顶一方红盖头
坐上轿子
翻过那道梁
越过那座桥
去做温柔的新娘

任微笑的泪
在甜蜜的心里
流淌成河

朱庆毅

独坐雪地

独坐雪地
面对皑皑雪野
凌乱的心
拾起支离破碎的灵感
彻悟冬的神秘

冬韵以一种美妙的魅力
牵引我忧伤的目光
小鸟掠过天空
捎来关于雪的传说

雪覆万事万物
或纯净或肮脏
或美丽或丑恶
世界只有素洁

独坐雪地
遍吻满眼白雪
于是，雪花
闪动着盈盈泪光
把我心照得鲜亮

方言

曾经泪眼告别柴门
远游蒙古一马平川

我在群山深处
经营半生的方言
在陌生的人群里
孤零零地生长

对着陌生的面孔
身上除了一本书
只剩下方言
惊吓了鄙视的脸
那一刻
只觉得自己
是一个围观的怪物

难言的感动
深情的方言
在故乡的光阴里
生生不息地狂欢

朱庆毅

酒风

嗅着风
去有酒的地方

起初
文质彬彬

酒过三巡
威风凛凛

最后
风卷残云

耍起酒风
一场疯狂的戏

陪场的观众
是东倒西歪的空酒瓶

谁把人生唱成了苦音慢板

乙亥猪年七月
山道，西风，瘦影
高考失意落魄而归

随父躬耕田亩
迎朝阳送落日
起早贪黑疲于奔命

癸未羊年十月
鬼使神差地给人系鞋带
牵马坠镫摇旗呐喊

丙申猴年十月
驾车途中
哈巴狗群里有只藏獒
险些要了我的命

一直以来，扮演着丑角
人生舞台上蹦蹦跳跳
一个少年一晃变成中年

朱庆毅

313

庚子鼠年十一月下旬
是谁把我踩扁然后一脚踢远
几只藏獒
逼我跑出门外

我背井离乡
在天涯唱着《拾黄金》
越唱越苦离家越远

有人讥笑说这个竹混
把戏唱成了苦音慢板
我说苦音慢板可以转板

或二六板或二导板
或带板或滚板或垫板或散板
或哭或笑或唱或舞

都是一种生存方式
谁都要扮演多重角色
只是服装道具上的差别

抬头望天，仿佛听见
有个声音从远处传来
戏如人生，人生如戏

人生烟火

父亲站在日子的头上
披星戴月追着光阴

风是一匹奔腾的马
掠过滚滚麦浪
父亲挥镰收割生命

我看见父亲
额头上流淌出了小溪

胡子和麦子一样
割了一茬又一茬

晚归的路上
踩着蛙鸣的鼓点

月色打捞着父亲的身影
母亲提着一桶月光
走进灶房烧火做饭

走过了千山汗一把

朱庆毅

315

蹚过了万水泪一把

还是被光阴绊倒了

那年的山妹子

那年的山妹子
把亲人潮湿的叮咛
用泪装订用心收藏
打点如梦的行装
从九曲十八弯的山梁上
走出了母亲的村庄

会变魔法的命运
把如水的山妹子
嫁接成了山外的风景
在山外的屋檐下
没有错过花期筑了巢

其实，朴素的山妹子
很想再吹一次
情哥哥为她捏的
泥哇呜

那年的山妹子哟
曾是情哥哥心海里
游戏的红金鱼

朱庆毅

317

如今被谁钓了去
曾是情哥哥心尖上
采蜜的花蝴蝶
如今被谁观赏
曾是情哥哥心坎上
久开不败的山花儿
如今却在异乡抽枝发芽

情哥哥的天空宛若雷惊
被梦抽打而伤痕累累
再也听不见山妹子
令人心跳的口弦声

那年的山妹子
拥抱燃烧的爱情
情哥哥哟
成了一株无人收割
蔫头耷脑的植物

迎春

冬，到了尽头
高同水坝
飞来一对野鸭

伸长脖子
蘸着浮着冰的水花
清洗羽毛

颤抖着翅膀
舞起芭蕾
春意蠢蠢欲动

李成东，70后，宁夏西吉人。

李成东

守护夕阳

多关照美丽的残阳
念在那一片晚霞的分上
你可曾明白
如果夕阳落下
天，真会塌下来

头顶上那片蔚蓝
因夕阳落去而漆黑
那时，只留下悔恨的眼泪
流淌到黎明
却无法弥补永别的痛苦

影子，跟着云飘来飘去
留下，无痕
既然分不开彼此的关系
应该，珍惜
风不止，亲不待

元宵节

烟花嗖嗖升起
照亮元宵之夜
如声声祝福
腾空夺目

广场上，欢呼雀跃
一个个烟花绽放
狂欢与热闹
幸福的时刻

少年风华远志
脸上贴着五星红旗
洋溢出新时代的欣喜
与山河同辉

李成东

春雪

雪花飘乱了视线
像轻狂无束的少女
从天空舞向大地
迷住了璀璨斑斓的小城

我行走于无人的小路
无法躲开少女的衣裙
踩着那洁白，仿佛在
朦朦胧胧的银纱里
迎来一场千年的约会

被迷住的刹那
几朵雪花吻过脸颊
欲飞，飘飘然然
难舍仙境般的浪漫

金凤相会

惊蛰前夕
春风轻抚着塞上江南
黄河两岸，柳枝柔柔
爱好文艺的友人
相约枫林湾小镇

211 包间
装满西海固的乡音
从未谋面却一见如故
西吉民间故事总编李老师
著名小说作家马老师
《葫芦河》创始人尤老师
还有景、魏、成山、晓刚、剑钊老师

因文学而相聚
无疑是精神上的共振
精神焕发的尤老师
解说西海固文学现象时
几度感动得哽咽

从八十年代的《葫芦河》

李成东

到现在的木兰书院

留下一句名言

"这酒啊，关键时候是苦的"

访挚友

带上一筐心
拜访挚友，他
把三颗装进胃里
赞叹不绝

心与心之间的交流
融洽成愉悦和热情
彼此把问候收进心扉
拉起家乡的情怀
目光里闪现山峦与河谷

中午的阳光
谈笑间，跳出了茶杯
挚友捧起一本诗
真诚地塞进我的怀里

如果时间同意
我愿把开心的理由
解释给月亮

325

李成东

无私与奉献

有一种精神

默默无闻，却

唤醒大地上的自信

春风，细雨，禾苗

有一种奉献

无怨无悔

点亮了心灯

让大自然诵读诗句

有一种审美

自由自在

优美的文字

像白鸽在天空翱翔

有一种力量

无私无畏

牵动着山川河流

感动得笔尖

在田园里，歌唱

豌豆走过的岁月

躺湾里吆喝着民谣
羊马年，广种田
恐怕猴鸡饿狗年
羊年，清明节临近
都在抢墒
路头路尾，你家种的
白豆、麻豆还是花豆

上午，父亲在洞子壕打粪底
四亩地，三七的粪底子
每亩按几十斤下籽
一个小粪堆上几碗种子
已是运筹帷幄

下午，我们全家带上种子
背篼，扁担，装粪子
开始撒粪
首先，见粪底每人一趟
长退短补
倒上豆籽，搅拌均匀

李成东

第二天拂晓出发
我牵牛，父亲扶犁
母亲和姐姐打胡墼疙瘩
哥哥用装粪子抱起粪堆
那一次次的沉重
胸有成竹地播向犁沟
种了美美的两架

皇天不负有心人
一地豌豆苗，手手托手手
头顶花苞，迎着微风
一地唱花儿的姑娘
一人高的豌豆
豆角七排八排
父母眼里灿烂

清明

牵挂，总难割舍
两世间，彼此思念
清明节如期而至
阳世的亲人，给
阴间的亲人送上问候

一炷香的烟
缠绕在坟头
清扫着墓碑上的尘土
诉说，曾经

小草在哀告
树木也哀告
我怕香头上的火星
如果我死了，这里
只剩寂寞和孤独

李成东

后　记

张旭东

诗歌，是文学皇冠上的明珠。它对普通人而言，既浪漫，又神秘，远在云霄，高不可攀。但是在西吉这块充满希望的黄土地上，有这么一群人，大破"诗歌神秘论"，写出了气壮山河的农民诗歌。农民诗歌，像黄土地上的庄稼一样，质朴、清新、淳厚，喷涌着浓郁的乡土气息。农民诗人日出而作，日落而息，生生死死眷恋着黄土地，世世代代歌唱黄土地，因而他们的歌声朴素而自然，丰茂而甘甜。

他们是一群地地道道的农民，凭着一颗赤心、一腔热血，用诗歌表达内心的喜怒哀乐。他们在社会的底层挣扎、呐喊，颂扬真善美，抨击假丑恶。他们用粗糙的双手，酿制新生活的甘甜；用质朴的语言，歌唱新时代的美好。接地气的诗歌意境，沾露水的语言架构，淋漓酣畅地体现着庄稼汉的生命气息和性格本真。

他们创作作品不为发表，单纯是为书写生活和表达情感，在商品经济的浪潮中，文学精神日益式微，人文理想日渐消融，他们的存在，再次有力地印证了文学不死、文学精神永恒。他们的写作，可能思想是稚嫩的，技巧是陈旧的，但却保存着文学最原生态的生长方式，代表着文学最本原的力量，延续着中国乡土文学朴实无华的特质。

为此，在县文联的推动下，西吉作家协会按照"作家引导农民创作，农民写农民，农民读农民自己的作品"思路，集成《中国首个文学之乡农人文苑诗集》（五册）。诗集所列入的这些作品，虽说在深度、意境、语言、技巧等方面都还稚嫩、不成熟，但作者长期扎根于祖辈生息的土地，承载着农耕文明的现代演变，他们长期置身于农村的生活现场，亲身经历了乡村滞后而又不得不裂变的震动。在此种生存环境中，由心而生的诗，就葆有三大构成要素：创作主体是农民，表现场域是乡村，意蕴根基是土地。不难看出，西吉新一代农民诗人勇于探索，善于思考，在诗歌的内涵和表达上有了质的飞跃。他们爱家园、爱土地，辛苦并快乐着。他们的诗，多视角、多意象、多韵律，朗朗上口、自由欢快，在劳动中诞生，在泥土里疯长，既有赤裸裸的赞美，又有火辣辣的讽喻，更有水淋淋的乡愁。他们的家国情怀既粗犷又柔软。

在这部集子付梓之前，得到了诸多师友的教诲、帮助和支持。特别令我感动的是宁夏文联主席、作协主席郭文斌为诗集作序，这是对广大农民创作者最大的鞭策和鼓励！

由于本人学识浅薄、文笔拙劣，本诗集存在谬误在所难免。敬请广大读者不吝赐教，让我和农民诗人在新田园诗的创作道路上走得更远。